teil-weise

Anthologie

```
       Live your life
        the best way
         you can!
      Have fun and never
        stop smiling.
         Yolo.  ;-)
```

Für Cassie und Lauren.

Ihr seid der Knüller und

bringt mich immer zum Lachen.

#gloom & #laurenzside

Torsten Ideus

teil-weise

Anthologie

Auch wenn diese Anthologie größtenteils in einer
realen Kulisse angesiedelt ist, sind die Handlung
und die Personen frei erfunden. Ähnlichkeiten
mit lebenden Personen und Organisationen wären
rein zufällig und nicht beabsichtigt.

Bibliografische Information der Deutschen Nationalbibliothek: Die Deutsche Nationalbibliothek verzeichnet diese Publikation in der Deutschen Nationalbibliografie; detaillierte bibliografische Daten sind im Internet über http://dnb.dnb.de abrufbar.

Herstellung und Verlag: BoD – Books on Demand, Norderstedt

ISBN: 978-3-748183-32-7

teil-weise

Vorwort

Dieses Buch hat recht viele Wandlungen durchlaufen. Sowohl optisch, als auch inhaltlich.

Ursprünglich als vierter Teil der Reihe „Männergeschichten" geplant, hat sich die Auswahl der Stories so häufig geändert, dass es Sinn gemacht hat, eine neue Anthologie-Reihe aufzuziehen.

Schon länger wollte ich meine geliebten Kurzgeschichten auch den Frauen näher legen, doch allein das Wort „Männer" im Titel schreckt sie ab, wie mir mehrfach berichtet wurde.

Meine Themen sind weiterhin krass und nicht immer für schwache Nerven geeignet. Es gibt sexuelle Handlungen, es gibt Gewalt. Es gibt aber auch Liebe und Hoffnung.

Mit den Textstories am Anfang und Ende gibt es ein für mich neues Genre, von denen bestimmt auch in den folgenden Büchern welche vorkommen werden.

Außerdem sind die Bitlife-Stories hinzu gekommen, die mithilfe einer Spiele-App kreiert werden und auf dessen Inhalt ich dann wenig Einfluss habe, aber gerade dadurch werden diese Geschichten so herrlich abwechslungsreich.

Im Inhaltsverzeichnis habe ich angedeutet, in welche Richtung die Texte gehen. Wer also auf eine bestimmte Thematik keine Lust hat, überblättert die jeweilige Story und fängt dort an, wo das größte Interesse steckt.

Bis auf die Bitlife-Stories beruhen die Texte diesmal alle auf wahren Begebenheiten, aber wie der Titel schon sagt, eben nur „teil-weise". Hier mischt sich Realität mit kreativer Vorstellungskraft zu einer Symbiose, dessen Vielfalt mir unendliche Möglichkeiten bietet.

Daher nun viel Spaß beim Lesen.

Inhaltsverzeichnis

teil-weise

Ein Date in der Nacht

Teil 1 – Whatsapp

Deacon:

„Ich finde dein Klingelschild nicht. Du wohnst doch in der Hausnummer 52, oder?"

Avi:

„LOL. Nein, in der 53. Das hatte ich dir auch geschrieben."

Deacon:

„Ja, sorry. Ich bin ein wenig nervös. Da darf einem doch sowas passieren, oder?"

Avi:

„Wieso bist du nervös?"

Deacon:

„Hallo?! Wir treffen uns gleich zum ersten Mal. Sag bloß, du bist nicht nervös?"

„Ist das hier nachts immer so dunkel? Gibt es hier keine Bewegungsmelder?"

Avi:

„An unserem Haus gibt es den, aber du stehst ja vor dem Falschen. ;-)"

„Und ich werde erst nervös, wenn du

leibhaftig vor mir stehst. Ich bin gespannt auf deine Augen in real life."

Deacon:

„Ja, reib es mir ruhig nochmal unter die Nase. Ich bin ein Trottel – wenn auch mit hübschen blauen Augen."

„Vor eurem Haus steht ein protziger weißer Porsche – bitte sag mir, dass das nicht deiner ist!?"

Avi:

„Hm… du kennst mein Profil und damit auch meine Schwanzgröße. Meinst du, ich müsste da etwas kompensieren? ;-)"

Deacon:

„Punkt für dich! LOL Bei deinem Package reicht auch ein Fahrrad."

Avi:

„Deswegen bist du doch jetzt hier, oder nicht?"

Deacon:

„Jetzt tust du mir Unrecht. Das ist nur ein Aspekt dieses Treffens. Ich persönlich verspreche mir noch etwas mehr davon…"

Avi:

„Hab gerade mal aus dem Fenster gesehen. Tatsächlich kenne ich das Auto nicht. Das gehört nicht zu unserem Haus."

„Und dich habe ich auch gesehen. Sweet. ;-)"

Deacon:

„So, jetzt werde ich mal schnell nach deiner Klingel suchen."

„Da steht schon jemand vor der Tür. Hast du noch jemanden eingeladen?"

Avi:

„Nein!"

Deacon:

„Sicher? Der Typ ist auch nicht hässlich. Soll ich fragen, ob er Bock hat?"

Avi:

„Untersteh dich! Ich will dich erstmal nur für mich."

Deacon:

„Ist da etwa jemand eifersüchtig? ;-)"

Avi:

„Verkneif dir dein Grinsen und komm endlich hoch. Meine Wohnung ist im ersten

Stock."

Deacon:

„Irgendwie ist der Typ unheimlich. Der wirkt wie jemand, der normalerweise lieber einbricht, als brav zu klingeln."

Avi:

„Ach komm, du stehst doch auf Bad Boys, gib's zu!"

Deacon:

„Draufgänger finde ich gut. Chronische Knastgänger nicht so sehr. Und seine tätowierten Arme sehen danach aus, als hätte er schon entsprechende Erfahrung."

Avi:

„Na komm, mach dir nicht ins Hemd! Das will ich gleich ausziehen. ;-) Schubs den Typen einfach zur Seite und ich erwarte dich oben."

Deacon:

„Du Schlingel! Sekunde, ich kicke diesen Weirdo kurz zur Seite und dann kannst du mir das Hemd vom Leib reißen"

Ende Teil 1 …

Teil 2 - Real Dialogue

Deacon:

„Sorry, darf ich mal vorbei? Ich werde oben erwartet."

Brent:

„Bitteschön, nach dir! Mein Schlüssel liegt noch auf meiner Kommode, sonst wäre ich längst drinnen."

Deacon:

„Du wohnst auch hier? Avi hat nichts von dir erwähnt. Unten wohnt die alte Dame, die gleichzeitig die Vermieterin ist - und oben: der Student!"

Brent:

„Der bin ich! Genau. Und wie du merkst, bin ich ein Trottel."

Deacon:

„Ich meine, Avi hat erwähnt, dass du Quantenphysik studierst. Hätte ich dir ehrlich gesagt, rein optisch, nicht zugetraut."

Brent:

„Tatsächlich? Normalerweise trauen die

Leute mir alles zu. Was hat die Schwuchtel denn noch so über mich erzählt?"

Deacon:

„Hey, kein Grund, abfällig zu werden. Alles gut. Hier, die Tür ist schon mal auf. Kommst du oben alleine klar? Oder sollen wir einen Schlüsseldienst rufen?"

Brent:

„Mach dir um mich keine Sorgen. Ich komm schon alleine klar. Geh du mal ficken."

Deacon:

„Danke, dir auch noch einen schönen Abend."

Brent:

„Ich hoffe, du weißt, worauf du dich einlässt."

Deacon:

„Was meinst du damit?"

Brent:

„Das Haus ist nicht gut isoliert. Ich höre, was unter mit vor sich geht. Aber ich mische mich da nicht ein."

Deacon:

„Im schlimmsten Fall weiß ich ja, wo ich

dich finde."

Brent:

„Ich kann aber nicht schwören, dass ich aufmache. Auch wenn ich nicht so aussehe, hänge ich an meinem Leben."

Deacon:

„Du machst mir Angst."

Brent:

„Das ist gut. Das macht dich vorsichtiger. Ich wünsche dir viel Glück für diese Nacht."

Ende Teil 2…

Teil 3 – Whatsapp

Deacon:

„Bist du noch wach? Bitte sei noch wach..."

Jess:

„Hey, was gibt's? Ich liege zwar schon, aber ein paar wenige Sekunden kann ich noch erübrigen."

Deacon:

„Ich stecke womöglich in Schwierigkeiten.“

Jess:

„Womöglich? Was soll das heißen?“

Deacon:

„Ich stehe bereits im Flur von meinem Date. Ich kann seine Wohnungstür sehen, aber ich verstecke mich noch in einem toten Winkel, weil der Nachbar von oben drüber mich gerade vor ihm gewarnt hat.“

Jess:

„Dir ist klar, dass es nicht sonderlich nett ist, deinem Ex von deinen Sexkapaden zu berichten, oder?“

Deacon:

„Ich weiß, ich will dich damit gar nicht belasten. Ich wusste nur nicht, wem ich sonst schreiben sollte. Dir vertraue ich immer noch.“

Jess:

„Ich habe dich ja auch nie betrogen. War immer ehrlich. Im Gegensatz zu dir.“

Deacon:

„Ja, okay, ich habe diese Zweifel

verdient. Sorry. Aber ich bin mir nicht sicher, ob das hier nur ein kleines Abenteuer ist. Was ist, wenn ich hier einen Psychopathen in die Arme gelaufen bin?"

Jess:

„Dann gibt es noch eine kleine Spur Gerechtigkeit? Du hast dein Karma-Konto ziemlich strapaziert. Irgendwann schlägt es zurück."

Deacon:

„Ich glaub, gerade hat er die Tür geöffnet. Er erwartet mich."

Jess:

„Du musst das nicht machen! Geh einfach, wenn es dir nicht sicher erscheint."

Deacon:

„Aber ich musste Avi schon zweimal wegen der Arbeit absagen. Wie sieht das denn aus, wenn ich ein drittes Mal kneife?"

Jess:

„Wow, du wagst es sogar, seinen Namen zu sagen. Muss ja ein krasses Kaliber in der Hose haben, wenn du dir sogar den Namen gemerkt hast."

Deacon:

„Ich kann nicht verlangen, dass du mir verzeihst. Aber bitte, wenn du in den nächsten 30 Minuten nichts von mir hörst, ruf die Polizei an. Ich bin in Göttingen, Prinzenstraße 53."

Jess:

„Natürlich bist du in der Prinzenstraße, wo sonst? Aber okay, du klingst serious. Ich nehme das nicht auf die leichte Schulter. Play it safe!"

Deacon:

„Du bist der Beste! I still love you. Ich meinte das ernst, ich fühle mich nicht sonderlich sicher. Irgendwas stimmt hier ganz und gar nicht."

Ende Teil 3...

Teil 4 – Real Dialogue

Avi:

„Ich kann dich sehen! Endlich bist du da!"

Deacon:

„Jepp, da bin ich. Schön, dich endlich live zu sehen."

Avi:

„Gleichfalls. Komm doch herein. Hat sich das mit dem Typen vor der Tür geklärt?

Deacon:

„Ja, das war der Student von oben."

Avi:

„Lass mich raten: Brent hat mal wieder seinen Schlüssel vergessen. Das passiert ungefähr drei Mal pro Woche. Er kann sich unendlich viele Dimensionen vorstellen – aber in unserer zu leben, fällt ihm sichtlich schwer."

Deacon:

„Du hast nicht erwähnt, dass Brent so ein heißer Kerl ist - und dass er so grässlich schwulenfeindlich ist."

Avi:

„Ist er das? Hat er mir gegenüber noch nicht geäußert. Ist wohl auch besser für ihn."

Deacon:

„Hübsche Wohnung. Du bist wohl ein IKEA-Fan."

Avi:

„Eine Filiale befindet sich quasi um die Ecke. Dadurch ist das meine erste Anlaufstelle, wenn ich meine, was Neues zu brauchen."

Deacon:

„Was Neues. Ja, damit habe ich auch so meine Probleme."

Avi:

„Mein Problem liegt eher darin, dass du immer noch angezogen bist."

Deacon:

„Ähm ja, das liegt jetzt ein wenig an dir. Sofern du weiterhin wert darauf legst, den dominanten Part zu spielen.
Sonst mache ich das."

Avi:

„Wieso willst du auf einmal die Richtung ändern? Wir hatten das doch schon besprochen?"

Deacon:

„Ja, sorry, war nur ein Angebot. Unsere Vorstellung dieser Nacht ist weiterhin aktuell. Wenn wir uns daran halten, wird das richtig geil."

Avi:

„Brent hat irgendwas zu dir gesagt, oder?"

Deacon:

„Der hat viel erzählt. Ernst genommen habe ich den aber keine Sekunde lang."

Avi:

„Ich möchte dir das gerne glauben. Aber du wirkst ziemlich verkrampft."

Deacon:

„Dann massiere mich doch."

Avi:

„Du weißt genau, wie man Männer um den Finger wickelt."

Deacon:

„Das hat mein Ex vorhin durch die Blume auch behauptet."

Avi:

„Wann hast du denn mit dem geschrieben?"

Deacon:

„Vorhin kurz. Er hat mich angetickert."

Avi:

„Aber er weiß nicht, dass du jetzt hier bei mir bist?"

Deacon:

„Spinnst du? Warum sollte ich ihm das auf die Nase binden?

Niemand weiß, dass ich hier bin. Wenn ich mir Spaß gönne, will ich meine Ruhe haben."

Avi:

„Das ist gut."

Deacon:

„Diesem Brent gehört der Porsche auch nicht, oder? Wieso steht er dann vor eurer Haustür? Die alte Dame wird ja wohl kaum mit nem Cabrio rumcruisen, oder?"

Avi:

„Keine Ahnung. Ist das jetzt wichtig? Wir sind endlich am selben Ort, in greifbarer Nähe. Im Bett, nackt, können wir uns gerne weiter unterhalten. Aber bis dahin..."

Deacon:

„Oh Shit! Das fühlt sich so fucking gut an. Hör nicht auf..."

Avi:

„Den Teufel werde ich tun. Von Höhepunkt zu Höhepunkt werde ich dich jagen – und so viel wie möglich von deinem geilen Saft aufsaugen. Das ist der Plan."

Ende Teil 4...

Teil 5 – Telephone dialogue

Jess:

„Mein Exfreund wird vermisst. Ich brauche jemand, der sich eine gewisse Adresse genauer anschaut."

Notrufzentrale:

„Seit wann wird Ihr Exfreund denn vermisst?"

Jess:

„Er wollte sich vor eineinhalb Stunden melden und seitdem kam keine neue Message."

Notrufzentrale:

„Ist das Ihr Ernst?"

Jess:

„Ja. Er hat mich vorher extra angetextet. Seine Verabredung machte ihm offenbar Angst. Deswegen schrieb er mich an. Er traute diesem Typen nicht."

Notrufzentrale:

„Warum ist er dann überhaupt hingegangen?"

Jess:

„Werden wir jetzt hier philosophisch? Es ging um Sex, okay?

Schwule Männer überlegen dann nicht lange. Die meisten jedenfalls nicht. Die Zweifel mit dem Ex durchzusprechen wird ihm schon schwer genug gefallen haben."

Notrufzentrale:

„Ihnen ist aber klar, dass Personen erst nach 48 Stunden offiziell für vermisst erklärt werden, oder?"

Jess:

„Jepp, genug Folgen von Medical Detectives geschaut. Ich kann froh sein, wenn überhaupt knochentechnische DNA-Spuren übrig bleiben."

Notrufzentrale:

„Na, jetzt malen sie aber sehr schwarz. Wir schicken erst einmal eine Streife zu der angegebenen Adresse – und sobald wir neue Angaben haben, rufen wir sie zurück."

Jess:

„Vielen Dank. Sie waren sehr freundlich."

Ende Teil 5...

Teil 6 – Real life dialogue

Brent:

„Ich habe ihn extra gewarnt! Aber es schien so, als wäre er immun gegen gut gemeinte Ratschläge."

Polizist:

„Sie haben also freiwillig ihre Hilfe angeboten?"

Brent:

„Nun ja, nicht so ganz. Ich habe berichtet, was ich von früheren Erfahrungen wiedergeben konnte."

Polizist:

„Und das wäre?"

Brent:

„Schreie waren keine Seltenheit. Sexuelles Stöhnen erst recht nicht. Dirty talk. Peitschenschläge. Da gab es kaum Grenzen."

Polizist:

„Und das war für sie normal?"

Brent:

„Wenn sie unter einer hardcore dominanten Schwuchtel leben würden, wäre das für Sie auch normal. Was mich aufhorchen ließ, war die Tatsache, dass ich die Typen antraf, wenn sie ankamen – aber nicht beim Hinausgehen."

Polizist:

„Sie sind Student und verbringen viele Stunden in der Uni."

Brent:

„Das habe ich mir auch lange eingeredet. Aber meine Vorlesungen fangen nie vor neun Uhr an. Würden diese Typen arbeiten, müssten sie vorher wieder nach Hause gehen, oder?"

Polizist:

„Ist Ihnen klar, was Sie damit Ihrem Nachbarn unterstellen?

Brent:

„Möglicher Totschlag in mehreren Fällen."

Ende Teil 6…

Teil 7 - Real life dialogue

Jess:

„Mein Beileid, Maryann. Die Zeremonie war toll."

Maryann:

„Schön, dass du sie gut fandest. Schließlich bist du ja einer der Hauptgründe, warum es dazu kam."

Jess:

„Wie bitte?"

Maryann:

„Wenn du ihn nicht so leichtsinnig verlassen hättest, wäre er doch nie auf so dumme Gedanken gekommen."

Jess:

„Echt jetzt? Er ist vorher auch schon ständig fremd gegangen. Wahrscheinlich hat er sich ein Beispiel an deinem Ehemann genommen."

Maryann:

„Willst du mir jetzt einreden, meine Männerwahl hätte meinen Sohn verdorben?"

Jess:

„Das muss ich dir nicht einreden – das weißt du selbst gut genug. Deacon hatte keine Chance, eine ernsthafte Beziehung einzugehen."

Maryann:

„Das mit euch war doch ernsthaft..."

Jess:

„Genau. Deswegen hat Deacon derart Panik bekommen, dass er es mit Karacho zerstören musste. Es lief viel zu gut."

Maryann:

„Auch wenn du es mir jetzt nicht glaubst: Ich habe bei ihm immer ein gutes Wort für dich eingelegt."

Jess:

„Danke. Lieb von dir."

Maryann:

„Leider bringt es ihn jetzt auch nicht mehr zurück. Wir können nur hoffen, dass sein Mörder nun die Strafe bekommt, die er verdient hat."

Jess:

„Hm... Wenn ich ehrlich bin, sollte ich auch bestraft werden.

Du hast ja nicht ganz Unrecht, mit der These meiner Schuld."

Maryann:

„Was meinst du?"

Jess:

„Kurz bevor er zu dem Typen rein ist, hat er mir geschrieben.

Er hat meinen Rat gesucht. Hätte ich in dem Moment das Passende gesagt, wäre er vielleicht wieder umgekehrt. Aber ich musste ihm ja Vorwürfe machen."

Maryann:

„Ach, Süßer, das geht uns allen so. Es ist viel leichter, dem anderen Schuldgefühle einzureden als über sich selbst hinaus zu wachsen. Wir können ja schon froh sein, dass dieser Student für unsere Sache aussagen will. Aber es ist schon komisch, dass diese Sache mit dem Auto noch im Raum steht."

Jess:

„Der weiße Porsche. Das einzige Indiz, dass gegen diesen Avi spricht. Es war nicht sein Auto und galt nicht als gestohlen.
Ohne Schlüssel ließ sich der Kofferraum nicht öffnen."

Maryann:

„Wie konnte dann Deacons Leiche darin gefunden werden?"

Ende Teil 7 ….

Teil 8 – Whatsapp

Avi:

„Gab es kein unauffälligeres Auto?"

Riley:

„Das macht es doch so perfekt! Gerade weil es so auffällig ist."

Avi:

„Du bist so ein Freak, ey. Aber du weißt, was du tust. Daher stelle ich das mal lieber nicht in Frage."

Riley:

„Das ist sehr weise von dir. Und ich habe dich noch nie enttäuscht, oder?"

Avi:

„Niemals."

Riley:

„So eine perfekte Win-Win-Situation gibt man auch nicht leichtfertig auf. Meine Kunden überschlagen sich förmlich mit Lob und Likes."

Avi:

„Das will ich meinen. Ich liefere ja auch nur top Qualität."

Riley:

„Allerdings. Auch den Neuen habe ich gerade an mir vorbei ziehen lassen. Trainierte Muskelmasse, sehr gepflegt -

allein in die Pobacken hätte ich direkt reinbeißen können."

Avi:

„Manchmal machst du mir ein bisschen Angst. Dir traue ich glatt zu, das zu machen."

Riley:

„Na na, du denkst wohl nur Schlechtes von mir."

Avi:

„Nimm das jetzt bitte nicht persönlich: Wir beide sind Monster – das ist ein Faktum."

Riley:

„Du, ja. Ich eigentlich weniger. Schließlich verwerte ich nur deinen Abfall und mache damit viel Kohle. Für mich ist das einfach nur Business."

Avi:

„Wow! Das war eiskalt. Okay, ich korrigiere: ich bin das Monster, du der Psychopath. Es ist irrelevant, wer von uns schlimmer ist."

teil-weise

Riley:

„Wie lange wird es denn diesmal dauern? Ich würde sonst noch ein paar Zutaten einkaufen. Die Zeit nutzen. Denn nur, wenn unser Produkt am besten schmeckt, erzielen wir den bestmöglichen Profit."

Avi:

„Zwei Stunden würde ich schon gerne nutzen wollen. Es schmeckt nun mal am Besten, wenn das Fleisch richtig entspannt ist."

Riley:

„Klingt perfekt. Da bekomme ich ja jetzt schon direkt Appetit auf die neue Wurst. Das wird der Hit. Wir danken der neuen Regierung für die neue Verordnung. Es muss nicht mehr in der Rezeptur erwähnt werden, wenn man Menschenfleisch darin verarbeitet."

Avi:

„Wer hätte gedacht, dass sich extreme Sado-Maso mit der Politik verträgt?"
„Richtig hart durchficken und wenn es nichts mehr taugt, landet es auf dem Frühstücksteller. Gepökelt, geräuchert,

mariniert.“

„So wird die Masthaltung zurückgeschraubt. Das wollen doch alle, oder? Und Menschen gibt es sowieso zu viele.

Aber steck erstmal dein hartes Thermometer rein, ob es noch frisch genug ist. ;-)“

„Ich besorge derweil Thymian und Oregano.“

Das Leben der Daisy Bishop – in BitLife

Ich verdanke mein Leben der Tatsache, dass mein Vater seine junge Sekretärin schwängerte. Wahrscheinlich war meine Mutter Autumn naiv genug zu glauben, dass ein Mann in den 60igern keine Kinder mehr zeugen könnte. Nur so kann ich mir erklären, warum sie nicht verhütete. Oder sie legte es bewusst darauf an, um von diesem reichen Mann abhängig zu werden – aber ich möchte ihr diese berechnende Art nicht zusprechen.

Jedenfalls wurde ich am 28. Januar in Fargo, North Dakota geboren. Als Stadtkind wuchs ich die ersten Jahre behütet auf. Mit vier Jahren habe ich es geschafft, den Rasenmäher kaputt zu machen, aber an mehr Spannendes zu der Zeit erinnere ich mich nicht.

Ein Jahr später setzte sich mein Vater zur Ruhe, ein Umstand, der mir zugute kam, weil dadurch meine Eltern immer für mich Zeit hatten. Okay, ich gebe zu, dass ich dadurch wahrscheinlich sehr verwöhnt wurde. Mit dem Beginn meiner Schulzeit wurde bei mir Asthma diagnostiziert. Eine Tatsache, die mir den Sport-Unterricht ziemlich vermiest hat. Aber so etwas sucht man sich nicht aus. Ich lernte, damit zu leben.

Ich kompensierte meine körperliche Eingeschränktheit damit, viel zu lesen und mich in der Schule anzustrengen. Als ich mit Freunden im Alter von acht Jahren den Film „Dash Strange und der Berg der Magier" zum ersten Mal im Kino sah, entflammte damit meine Leidenschaft für das bewegte Bild. Zu Weihnachten wünschte ich mir eine Videokamera und begann, die ersten eigenen Filmchen zu drehen.

Natürlich kam auch ich nicht ums Mobbing herum. Ein fieser Idiot wartete morgens immer an der Bushaltestelle, um mir mein Lunchgeld zu klauen. Alle wussten ja, dass meine Eltern reich waren. Das änderte sich erst, als ich es wagte, meinem Klassenlehrer davon zu erzählen. Er muss richtig viel Ärger bekommen haben, weil er mich danach mied wie nichts Gutes.

Mit zehn Jahren brachte Mom mir Pilates bei, denn ihr viel auf, dass mir Körperspannung fehlte. Sie hatte Angst, dass ich irgendwann Rückenprobleme bekommen würde. Oma saß aufgrund eines dreifachen Bandscheibenvorfalls im Rollstuhl. Schnell begriff ich, dass ich so nicht enden wollte.

In dem Jahr machte Dad mit mir eine Kanu-Tour auf dem Missouri-River, ein Erlebnis mit Folgen. Bei einer der schnellen Strömungen fiel ich heraus, wurde nicht nur pitschnass, sondern holte mir dabei eine fette Erkältung, die dann zur Lungenentzündung wurde. Drei Wochen verpassten Schulstoff nachholen war gar nicht so einfach.

Um mich vor bösen Jungs schützen zu können, brachte meine Mom mir das Schießen bei.

Tatsächlich wurde ich ein respektabler Schütze, ein Hobby, welches mein Selbstbewusstsein nach oben pushte. Mit zwölf Jahren bekam ich den Zugang zur Dr. James Carlson Bibliothek.

Ein stiller Rückzugsort für eine Zwölfjährige, die allmählich spürt, wie ihre Hormone durchdrehten. Autorinnen wie Emily Bronte dominierten meine Lesegewohnheiten. In meinem Leben habe ich „Sturmhöhe" bestimmt zehn Mal gelesen, immer wieder in verschiedenen Stadien meines Erwachsenwerdens.

In dem Jahr kam auch der Film „Die Tiefen der Verzweiflung" in die Kinos. Ich war eindeutig zu jung, um den Inhalt zu verstehen, aber der Soundtrack brannte sich in mein Gedächtnis. Die Band „Chains of Agony" gehörte seitdem als fester Bestandteil meiner darauffolgenden Playlisten. Diese Mischung aus Electronica und Death Metal veränderte natürlich auch mein Äußeres. Mein hellblondiertes Haar wurde pechschwarz. So, wie die meisten meiner Outfits.

Mit vierzehn Jahren kam dann eine weitere

Diagnose auf mich zu, die mich aus der Bahn warf: Sichelzellenanämie.

Eine Erbkrankheit, von der ich gehofft hatte, nicht betroffen zu sein. Mithilfe einer Stammzellen-Therapie konnten wir die Symptome einigermaßen in Schach halten. Mit dem Beginn der High School kam ein neuer Abschnitt.

In meiner neuen Klasse freundete ich mit mit einem Mädchen namens Kelly Bush an. Sie sah überdurchschnittlich gut aus, hörte ähnliche Musik wie ich und war überzeugte Lesbe. Mich beeindruckte ihr selbstbewusstes Auftreten derart, dass ich Gefühle für sie entwickelte. Ich zog es allerdings vor, diese Beziehung als Bisexuelle einzugehen, weil ich meine Erfahrungen als junger Mensch nicht derart beschränken wollte.

Kelly war es, die mir Social media näher brachte. Mit Instagram kam ich gut klar und ich hatte schnell die ersten Follower. Ein Jahr später wurde ich mobiler, nachdem ich meine Führerscheinprüfung bestanden hatte. Obwohl Dad mir gerne ein neues Auto gekauft hätte, bestand ich darauf, mir ein Gebrauchtes zuzulegen. Falls ich einen Unfall bauen sollte, wäre das leichter zu verkraften. Außerdem wollte ich lieber ein cooles altes Modell, als eines dieser neumodischen Schickimicki-Dinger haben. Ich entschied mit für einen brombeer-farbenen Dodge Ram 1500.

Nachdem Mom von Pilates die Schnauze voll hatte, steckte sie uns alle mit Yoga an. Dad belächelte uns von seinem Schreibtisch aus, während wir uns verbogen und streckten.

Doch gerade mit meiner Krankheit fand ich damit immer wieder zu meiner Mitte. Mit 17 Jahren sah ich mit Kelly zum ersten Mal „Duchess of the Ocean" im Kino, eine erwachsene coolere Version von Arielle, die Meerjungfrau.

Kurz vor meinem High School Abschluss starb meine Mutter in einem Ski-Urlaub. Eine Lawine begrub sie und die Bergretter konnten nur noch ihre toten Körper bergen.

Um meine Trauer zu bewältigen, begann ich zu malen.

Ein Talent, dass bisher verborgen lag, brachte mich dann dazu, mich an der Uni für Visual Arts einzuschreiben.

Kelly dagegen bekam ein Stipendium, um an der Brown University zu studieren. Dadurch trennten sich unsere Wege, weil uns klar war, dass eine Distanzbeziehung keinen Sinn ergab. Kurz nach meinem 21. Geburtstag war ich nicht nur offiziell volljährig, sondern musste ganz schnell erwachsen werden – mein Vater starb mit 82. Ich hatte es nicht kommen sehen und war nun plötzlich eine Weise. Und Single.

Um finanzielle Mittel brauchte ich mir nun keine Sorgen machen. Als Alleinerbin hätte ich gar keinen Job mehr gebraucht. Doch das Malen hatte mir beim Tod meiner Mutter schon geholfen, daher stürzte ich mich nur härter in mein Studium.

Beim Einkaufen fiel mir dann irgendwann dieser Verkäufer auf. Wie ich im Laufe der Zeit herausfand, war sein Name Cleveland

Patel, war so alt wie ich und jobbte hier nur nebenbei, während er Musik studierte. Ich lud ihn ins Kino ein. Während wir „Competition for the Crown" sahen, der mir super gefiel, wurde schnell klar, dass wir verschiedene Geschmäcker besaßen. Doch als er mir dann bei sich ein paar Töne auf seiner Gitarre vorspielte, war es schnell um mich geschehen.

Als mein alter Dodge den Geist aufgab, wechselte ich zu einem Audi A5 – auch dieser war brombeerfarben. Diese Farbe gehörte einfach zu mir. Kurz vorm Ende meines Studiums passierte es dann: Ich wechselte innerhalb meiner Stammzellen-Therapie ein Medikament, von dem ich – und auch die Ärzte – nicht wussten, dass es die Wirkung meiner Pille hemmen würde. Und prompt war ich schwanger.

Mit dickem Bauch schaffte ich meinen Abschluss und fand sogar ein Atelier, die bereit waren, mit mir meine erste Ausstellung zu organisieren. Am Abend der Eröffnungs-Vernissage setzten die Wehen ein und Jeremiah kam auf die Welt. Auch ohne meine Anwesenheit verlief das Event erfolgreich und ich verkaufte direkt ein paar Bilder.

Als ich meine Figur wieder halbwegs im Griff hatte, dank Yoga und Pilates in Kombination, beschloss ich, dass es Zeit wäre zu heiraten. Cleveland musste ja nicht um den Segen meiner verstorbenen Eltern bangen, von daher nahm er meinen Antrag ohne zu zögern an.

Wir heirateten am „Bear Creek" mit jeder Menge Wein und genossen herrliche Flitterwochen in Paris, der Stadt der Liebe, in der direkt Baby Nummer zwei entstand. Mit einem Baby und einem unterwegs bleibt nicht sonderlich viel Zeit, doch irgendwie schafften wir es mit einem Babysitter, einen Abend außerhalb des Kindergeschreis zu verbringen.

Cleveland sah sich mir zuliebe den Film „No Nation for young women" an, der mich sehr aufregte und gleichzeitig motivierte, eine entsprechende Bilderreihe zu gestalten.

Diesmal gestaltete ich es sinnvoller. Die Ausstellung organisierte ich erst nach Gregorys Geburt, schließlich wollte ich unbedingt dabei sein. Meine Rede war laut mehrerer Medien sehr ergreifend und inspirierend.

Mein Instagram-Account konnte sich danach vor Followern kaum retten. Der Weg zum Influencer war nun nicht mehr weit.

Sich politisch zu engagieren fühlte sich gut an. Ich bekam die Möglichkeit, mit meiner Stimme etwas zu verändern. Mitzugestalten und Einfluss zu nehmen.

Cleveland schrieb zu Hause Songs, produzierte im Studio ein neues Album und unsere Kinder gediehen prächtig. Zwei Jahre später kam sogar noch eine Tochter hinzu. Lacricia wurde schnell zur kleinen Prinzessin meines Ehemannes, doch ihre Brüder begannen schnell, sie immer wieder auf den Boden der Tatsachen zurückzuholen. Mit dreißig Jahren kam Sohnemann Nummer vier auf die Welt. Selbst als Einzelkind aufgewachsen zu sein, brachte mich dazu, mich in dieser Großfamilie einzurichten. Broderick war anders als seine Brüder, das spürte ich schnell. Es sollte aber noch einige Jahre vergehen, bevor ich verstand, was ihn so besonders machte.

Als ich eine sehr stressige Phase durchlebte, gönnte mein Mann mir einen Abend außer Haus. Er rief meine Mädels an und diese schleppten mich in einen angesagten neuen Club. Wir tanzten, tranken zu viel Alkohol und ließen es richtig krachen.
Eine unglaublich hübsche Frau tanzte mich an. Ihr Name war Parker Nelson. Natürlich genoss ihre offensiven Flirtversuche und bevor ich mich versah, knutschten wir wild auf der Tanzfläche herum. Und obwohl meine Freundinnen mich davon abhalten wollten, ging ich mit ihr nach hinten.

Mein schlechtes Gewissen hielt sich erstaunlicherweise in Grenzen. Sechs Jahre hatte ich meine bisexuelle Neigung zurück-gehalten. Irgendwann musste sich dieser

Trieb wieder Bahn brechen. Aber ich hielt meine Familie bei der Stange, wir flogen gemeinsam nach Orlando, Florida und arbeiteten uns durch Disney Land. In dem geräumigen und überaus luxuriösen Hotelzimmer muss es dann passiert sein: das nächste Kind war unterwegs. Zum Glück wohnten wir in meiner Familienvilla, sodass für so viele Sprösslinge mehr als genug Platz war.

Choraline wirkte von Anfang an viel feiner und sensibler als ihre Schwester. Auch ihre Art war zurückhaltender, aber sie schloss ihren nächsten Bruder so sehr ins Herz, dass sie manchmal wie siamesische Zwillinge wirkten. Lacricia hingegen fing schon mit sechs Jahren an, mein Pilates-Training mitzumachen.

Jeremiah wurde mit jedem Tag seinem Vater ähnlicher, er sang sogar auf dem neuen Album mit und kannte sich mit diesen ganzen Schaltreglern aus, die mir gänzlich fern blieben. Gregory hingegen würde eher eine Sports-Kanone werden. Im Nachhinein wunderte es mich nicht, dass Broderick wie ich ein Künstler zu werden schien.

Zwei Jahre lang ging alles seinen Weg. Bis zu dem Wochenende, als Clevelands Eltern zu Besuch kamen. Sie gönnten uns einen freien Tag und spendierten uns einen Wellness-Hotel mit allem Drum und Dran. Diese Entspannung führte dann wieder zum abendlichen Horizontal-Tango und damit direkt zum nächsten Baby, dass nun definitiv nicht mehr geplant war.

Und als mir meine Frauenärztin erzählte, dass es Zwillinge werden würden, dachte ich im ersten Moment, sie würde einen Scherz machen. Neun Monate später war ich mir sicher, dass sie es ernst gemeint hatte. Als ich Cleveland bat, nun mit der Fortpflanzung abzuschließen, fiel er mir seufzend in die Arme. Rebekah und Ramiro bekamen trotzdem einen speziellen Platz in unserem Herzen und insgeheim waren wir dankbar, dass sie unterschiedlich aussahen.

Uns blieb kaum Zeit für uns, geschweige

denn zu raten, mit welchem Kind wir es gerade zu tun hatten.

Warum auch immer, entschied sich Jeremiah dazu, Mathematik zu studieren. Cleveland nahm das mit gemischten Gefühlen hin. Insgeheim wünschte er sich, dass sein Ältester in seine Fußstapfen treten würde. Auch bei Gregory wunderten wir uns bei der College-Wahl.

Er nutzte ein Sport-Stipendium, um Politik zu studieren. Vielleicht hatte mein eigenes Engagement Früchte bei ihm getragen.

Mit dem Auszug der drei Jungs wurde es leerer im Haus. Broderick konnte sich nicht direkt für ein College entscheiden. Er wollte reisen und erzählte mir mit stolz, dass er schwul ist. Ich feierte sein Anderssein und war sein erster Follower bei Instagram.

Zu meinem 50. Geburtstag schenkten mir Cleveland und die Kinder eine Reise nach Mexiko. Ein unvergesslicher Trip, der meine Zeichenkunst weitreichend beeinflusst hat. Danach ging auch Choraline zum College, allerdings entschied sie sich für Psychologie, bei ich mir anfangs unsicher wahr, ob sie damit die richtige Wahl getroffen hatte.

Rebekah entdeckte schon als Kind die Computerwelt für sich. Es wunderte mich daher nicht, dass auch ihre berufliche Laufbahn in diese Richtung tendierte. Ramiro dagegen wendete sich der Geschichte zu. Ich war Mitte 50, hatte mit meinem Mann sieben Kinder in die Welt gesetzt und nun war wir plötzlich wieder zu zweit. Ein merkwürdiges Gefühl. In den leeren Räumen hallte es, uns fehlte das Lachen und Zanken, das Chauffieren und der Bedarf, gebraucht zu werden.

Bei einer Vernissage lernte ich dann Honey Dover kennen. Sie war selbst als Künstlerin bekannt. Unser Gespräch ging direkt in die Tiefe und wir fühlten uns nicht nur über die Bilder miteinander verbunden. Während sich Cleveland nun endlich die Tour gönnte, die er vorher nie machen konnte, gönnte ich mir nun ein nettes weibliches Abenteuer.

In den nächsten Jahren passierte nichts Spannendes. Wir lebten wieder mehr auf der kulturellen Ebene. Mehr Ausgehen, mehr Paar-Leben. Mit 68 Jahren machten wir noch eine transatlantische Kreuzfahrt.

Als ich ein Jahr später Broderick besuchen wollte, der mittlerweile wieder in North Dakota lebte, allerdings in dessen Hauptstadt Bismarck, verwickelte mich ein unachtsamer Fahrer in einen schweren Autounfall. Zum Glück kam ich mit einem Milzriss und einer kaputten Lippe davon. Danach fuhr ich immer weniger Auto.

Dreizehn Monate später verstarb Cleveland ganz plötzlich. Ohne Vorwarnung, ohne krank gewesen zu sein. Er ging morgens hinunter ins Ton-Studio und als ich ihn mittags zum Essen holen wollte, saß er tot in seinem Chefsessel. Meine Kinder versuchten mir den nötigen Halt zu geben.

Um mich abzulenken, machte ich eine

weitere Kreuzfahrt, diesmal im Mittel-
meerraum. Obwohl ich diese tollen
Landschaften und gute Konversationen nie
vergessen werde, mit Cleveland zusammen
hätte ich sie lieber genossen. Als ich
wieder in Fargo ankam, begann ich direkt
mit einer neuen Bilderreihe.

Ich malte mediterrane Naturszenen, und
implementierte meinen Ehemann in jede
Szene hinein. Daraus machte ich allerdings
keine Ausstellung, sondern schenkte jedem
meiner Kinder eines dieser Kompositionen
als Andenken ihres Vaters.

Obwohl mir immer wieder Männer
begegneten, die ihr Interesse an meiner
Person kundtaten, blieb ich Single.
Broderick riet mir zwar dazu, keine
verbitterte alte Witwe zu werden, doch ich
fühlte gar nicht so. Ich hatte nur keine
Lust, in meinem betagten Alter mich noch
mit dem Problemen des Dating-Alltags zu
beschäftigen. Dafür fand ich bessere und
sinnvolle Beschäftigungen.

Und während ich wieder begann, mich

politischen Themen zu widmen, lernte ich Terell Dickinson kennen. Er arbeitete auf ehrenamtlicher Basis im Southeast Human Service Center und war auf meine Bilder aufmerksam geworden. Weil der Cafeteria-Bereich neu gestaltet werden sollte, fragte er mich, ob ich mithelfen wollte. So kamen wir ins Gespräch. Zwölf Stunden später beendeten wir es aufgrund von Erschöpfung.

Danach trafen wir uns regelmäßig, redeten über Gott und die Welt und pushten uns gegenseitig in unserem Engagement, unsere Stadt in einen besseren Ort zu verwandeln. Leider erlebte er meinen 80. Geburtstag nicht mehr. Obwohl er meine Feier noch mitplante, verstarb er kurz vorher an einem Schlaganfall.

Obwohl meine Kinder es merkwürdig fanden, feierte ich trotzdem. Terrell hätte es so gewollt. In unseren Gesprächen hatte er mit Leidenschaft von seinen Trips nach Finnland erzählt und wie toll er deren Kultur fand. Obwohl ich mir nicht sicher, war ob ich eine solche Reise in meinem Alter noch antreten sollte, flog ich im Sommer darauf nach Helsinki.

Dort lernte ich Aurelio Morgan kennen. Er machte ebenfalls dort Urlaub und kam, so unwahrscheinlich es klingen mag, aus Bismarck, North Dakota und kannte sogar meinen Sohn Broderick, weil sie beide im ortsansässigen „Human Relations Committee" arbeiteten.

Die daraus entstehende Freundschaft zu Aurelio brachte mich dazu, mein geliebtes Fargo zu verlassen und meine letzten Tage in der Nähe meines Sohnes zu verbringen. Gerade arbeite ich an einer neuen Bildreihe, mit viel Schnee, Hügeln und einer atemberaubenden Landschaft.

Als letztes Andenken, bevor ich sterbe, zeichne ich mich selbst in diese Bilder hinein. Um meinen Kindern die bösartigen Erbstreitereien zu ersparen, denn noch verstehen sie sich gut und so soll es bleiben, wird nach meinem Tod mein Vermögen an wohltätige Zwecke gespendet werden. Ich denke, damit sind die 30 Millionen Dollar gut aufgehoben.

teil-weise

Verschleppt nach Bird Island

Als sich die Rotorblätter des Helikopters in Gang setzten, füllte sich meine Blase mit Angst, Orangensaft und einer Unmenge Wodka, dir mir Onkel Dave auf der Party so bereitwillig ausgeschenkt hatte. Der dadurch entstehende Rausch dämpfte den Lärm. Zwischendurch fielen mir immer wieder die Augen zu, doch ich durfte unter keinen Umständen einschlafen. Die Anderen um mich herum kicherten, lallten oder weinten bereits, weil sie wussten, wo die Reise hinführte.

Der Metallvogel erhob sich viel zu schnell, fast als würde er sich freuen, uns direkt in die Hölle zu fliegen. Immer wieder rieb ich mir mit den Händen über die Augen, um wach zu bleiben. Irgendwer ließ einen Flachmann herumgehen und ohne Nachzudenken, setzte auch ich die Flasche an meinen Hals und ließ die brennende Flüssigkeit meine Kehle hinunter sausen. Je mehr ich trank, um so erträglicher würden die nächste zwei Nächte werden. Ich spürte die hundert Euro in meiner Hosentasche. Ein Vorschuss für das, was noch kommen würde.

Mit diesem Blutgeld erkaufte sich Onkel Dave im Vorfeld ein dreitägiges Arbeitsverbot von uns. Zuerst fühlte es sich fast wie Urlaub an. Kein Abhängen im Club, keine Freier, keinen Sex. Wir feierten diese wieder erlange Freiheit mit jeder Menge Schlaf, gesundem Appetit beim Essen und genossen es, nüchtern zu sein. Während wir übers Wasser flogen, fragte ich mich, warum wir uns freiwillig auf diese Sache eingelassen hatten. Niemand von uns hatte das Geld abgelehnt. Wahrscheinlich befanden wir uns bereits zu lange in diesem System aus Partys, Drogen und Prostitution. Es gehörte zu unserem Alltag wie das Ein- und Ausatmen. Und selbst das war uns nicht mehr sonderlich wichtig. Wir zwölf wurden auserwählt – und mussten wir nicht stolz darauf sein? Onkel Dave hatte gesagt, wir träfen dort auf ein paar der wichtigsten und mächtigsten Männer unserer Gesellschaft.

Natürlich würden wir nicht mit ihnen am Tisch sitzen und über Politik diskutieren. Dafür waren wir alle bereits zu alkoholisiert. Auch das Dinner würden wir verpassen – denn wir stellten das Dessert dar, was es zu vernaschen galt. Knackige Schokolade, mit heißer Sahne gefüllt, von außen hart, von innen ganz weich.

Mein vernebelter Blick nahm die Umrisse der Insel wahr. Der große Leuchtturm in der Mitte dominierte die Landschaft. Die wenigen Häuser wirkten wie willkürlich darauf gestreute Dekoration. Nur eines davon besaß schwarze Dachziegel. Dort würden wir die nächsten 48 Stunden verbringen. Ich konnte nur hoffen, dass Onkel Dave mich wählen würde oder Onkel Allen, dessen Figur mich weit mehr ansprach. Mit ihnen konnte es nicht zu schlimm werden.

Allein beim Gedanken an „Ore" lief mir der Inhalt meiner Blase warm den Hosenbund herunter. Und dann sackte ich bewusstlos zur Seite.

Der Gesang der Vögel weckte mich. Die vielen tausend Stimmen erzeugten eine mitreißende Kakophonie von piependen Tönen, denen man nicht widerstehen konnte. Mein Schädel pulsierte wie ein harter Schwanz beim Orgasmus. Ich riss meine Augen auf und lugte unter die Bettdecke. Nur nackte Haut, neue blaue Flecken und mit dieser Erkenntnis setzte der Schmerz ein.

Ein Blick zum Fenster realisierte Sonnenstrahlen. Es musste bereits spät am Morgen sein. Ich durchsuchte mein Gedächtnis nach Splittern der letzten Nacht. Nur winzige Fetzen drangen zu meinem Bewusstsein. Mehrere Männer waren in diesem Raum gewesen. Der Rauch ihrer Zigarren schwebte noch oben an der Decke. Wo befanden sich die anderen Jungs? Als ich mich genauer umsah, bemerkte ich, dass ich allein in diesem großen Bett lag. Was war hier alles passiert? Wollte ich das wirklich wissen? Ich brauchte Flüssigkeit; meine Kehle brannte vor Trockenheit. An der rechten Wandseite befand sich ein Waschbecken. Ich schlug die Bettdecke zur Seite und hechtete zur einzig erreichbaren Wasserquelle.

Ich trank, als würde der Hahn jeden Moment seinen kontinuierlichen Strom aufgeben und mit jedem weiteren Tropfen, der meinen Durst stillte, füllten sich meine Tränensäcke. Schluchzend sank ich zusammen, wimmernd und würdelos. Warum tat ich mir das hier an? Nur wegen des Geldes? War es das wirklich wert?

Meine Rosette fühlte sich wund an, noch immer geweitet von den Dingen, die in mich eindringen durften. Ob dies ausschließlich erigierte Penisse waren, bezweifelte ich in diesem Moment. Die Onkels liebten Spielzeuge. Und in diesem Haus gab es genügend davon. Es existierte das Gerücht, sie hätten einem von uns eine Pistole in den Anus geschoben und tatsächlich abgedrückt.

Allein beim Gedanken daran, verschlimmerten sich meine Schluchzer. Das hätte mir auch passieren können und ich konnte von Glück reden, dass sie bei mir nicht auf solch eine perverse Idee gekommen waren. Doch noch war meine Zeit hier nicht um. Unbewusst griff ich mir in den Schritt und wunderte mich darüber, dass meine Eier noch prall gefüllt waren. Es hatte anscheinend niemand Lust gehabt, mir die Sahne auszusaugen. Oder wollte sich das noch jemand aufheben?
Genau bei dem Gedanken öffnete sich die Tür.

„Guten Morgen, Keoke. Hast du gut geschlafen?" Onkel Allen blieb in der Tür stehen und lächelte verschmitzt. Er ignorierte meinen verheulten Blick und die Tatsache, dass ich nackt auf dem Boden kauerte.
Nun ja, meine Nacktheit ignorierte er nicht unbedingt. Er selbst trug nur eine

verblichene Jeans, sein durchtrainierter Oberkörper wurde durch nichts verdeckt. In seinen hellblauen Augen entdeckte ich die übliche Gier nach mehr. Als mein Blick tiefer sank, registrierte ich, dass sich in seiner Schrittgegend etwas sehr wohlwollend nach außen wölbte.

„Ich habe geschlafen. Belassen wir es dabei. Und du?" Meine Tränen versiegten und eine gewisse Neugier machte sich breit. Allen war anders als die anderen. Er zeigte wirkliches Interesse, auch wenn seine Triebe gerne die Überhand übernahmen. Doch kannte er seine Grenzen genau und überschritt sie niemals.

„Geschlafen habe ich gut. Aber das Aufwachen war nicht schön." Allen lehnte sich locker an die Tür; mir blieb nichts anderes übrig, als mich aufzurichten. Ich schämte mich nicht in meiner Nacktheit. Die Blessuren konnten meinem athletischen Körper nur wenig schaden. Für meine Muskeln hatte ich hart trainiert – ich würde sie hier bestimmt nicht verstecken.

„Warum? Was hat dir gefehlt?" Obwohl ein schlimmer Kater meine Sinne hemmte – ober vielleicht gerade deswegen – ging ich langsam auf ihn zu. Allen blickte mehrfach zu Boden und dann wieder zu mir: „Du lagst nicht an meiner Seite." Ich wusste, wie falsch meine Gedanken waren, schließlich lagen mehr als zwanzig Jahre zwischen uns, doch ich fand seine Sichtweise irgendwie süß.

Als ich spontan an mir heruntersah, schüttelte ich verwundert den Kopf. Gerade hatte ich noch unter Tränen alle verteufelt und nun stand ich vor einem dieser Typen, mit einem hart ausgefahrenem Ständer. Allens Blick lag unverhohlen auf meinem besten Stück und ich wusste, dass er genau aus diesem Grunde hergekommen war.

Gleichzeitig störte mich dieser Gedanke wenig – im Gegenteil, ich wollte nur, dass er endlich seine Jeans auszog, damit ich seinen Ständer bearbeiten konnte.

Ich stoppte meine Schritte erst, als ich

nur noch wenige Zentimeter vor ihm stand. Seine helle Haut stand in starkem Kontrast zu meiner, doch genau darin lag der Reiz. Allen schluckte schwer, als ich seinem Blick stand hielt und ohne seine Reaktion abzuwarten, knöpfte ich seine Hose auf und gleichzeitig ließ ich meine Lippen auf die seinen senken.

Er griff sofort nach meinem großen Luststab und schon stöhnten wir um die Wette. Wir machten uns nicht die Mühe, zum Bett zurück zu tanzen. Wir ließen uns direkt zu Boden gleiten und während wir unsere verschwitzte Haut aneinander rieben, änderte sich etwas. Vielleicht lag es daran, dass wir alleine, ohne weiterer Zuschauer waren.

Allen schob mir bereitwillig seinen Hintern in den Schritt und seine direkten Bewegungen ließen keine Zweifel daran, was er von mir wollte. Ich zögerte keine Sekunde; es störte mich nicht, dass an meinem Schaft kein einziger Tropfen Gleitgel oder ähnliches saß. Mit voller

Wucht rammte ich meinen Stamm in sein Rektum. Onkel Allen quiekte wie ein aufgespießtes Meerschweinchen, doch nur kurze Zeit später grunzte er wie ein brünftiger Hirsch.

Ich wollte mir Zeit lassen, diesen aktiven Part richtig auszukosten. Doch die Mischung aus seinem viel zu engem Arsch und meinen prallen Eiern sorgte für ein schnelles Ende. Die Geilheit übermannte mich und nach viel zu wenigen Stößen ergoss ich mich in heftigen Schüben. Als ich mich aus Onkel Allen zurückzog, tropfte direkt meine weiße Flüssigkeit aus ihm heraus.

Als sich dieser umdrehte und sein großer Ständer noch immer hart nach oben stand, konnte ich nicht anders, als mich darüber herzumachen. Ich sorgte dafür, dass es auch aus ihm noch richtig krass herausspritzte.

Schon am zweiten Tag hatte ich das Vergnügen, auf Ore zu treffen. Ich kann von Glück sprechen, dass ich dieses

Treffen noch lebendig wiedergeben kann.

Dieser Mann war kein Mensch, nicht einmal mehr Tier - er war ein Monster. Ein Wolf im Schafspelz, wobei diese Metapher ziemlich Disney gegenüber der Realität erscheint. Nicht nur Psychopath, sondern ein Sadist par excellence.

Ich hatte vorher schon BDSM-Kunden gehabt, aber diese sorgten immer dafür, dass keine Grenze überschritten wurde und ja keine nachhaltigen Wunden zurück bleiben würden.

Ore scherte sich nicht um solche Regeln. Meinen Raum betrat er zur Mittagszeit des nächsten Tages. Onkel Allen hatte sich bereits zurückgezogen.

Und zu meinem Leidtragen hatte sich der Alkohol mittlerweile verflüchtigt. Ich war nüchtern, als dieses Wesen die Tür hinter sich schloss. Seine dunkeln dämonischen Augen traktierten mich und ich fühlte mich wie ein junges Reh, dass auf einen rasend schnellen 4-Tonner aus sich zurollen sieht. Ich konnte nur verlieren.

Mein erster Fehler war, ihm gefallen zu

wollen. Ich lächelte kokett, ging auf ihn zu, präsentierte mich von meiner besten Seite. Als ich in seine Reichweite kam, traf mich direkt die erste Faust. „Du hältst dich wohl für was Besonderes, du Stück Scheiße!", sagte er, als ich zu Boden ging. Ich versuchte mein Bestes, um ein Wimmern zu unterdrücken, denn ich wollte ihm keinen Anreiz geben, weiter zu machen.

Anscheinend animierte ihn genau das – er holte mir seinem rechten Fuß aus und hieb mit voller Wucht auf meinen Magen. Zum Glück hatte ich nichts gegessen, sodass mir nichts hochkommen konnte. Nun wimmerte ich doch ein wenig. Es zauberte Ore ein Lächeln ins Gesicht. Und einen mehr als offensichtlichen Ständer in seine graue Freizeithose, zu der ein fliederfarbenes Poloshirt trug.

Mein nächster Fehler lag darin, dass ich dachte, ich könnte mit Ore agieren, wie mit Onkel Allen. Doch als ich mich wieder hochrappelte und ihm an sein Gemächt griff, schnappte er sich meine Schultern und schubste mich mit Schwung gegen das Ende des Bettes. Ich fiel unsanft auf die Matratze, aber dachte mir nichts Böses dabei.

„Du willst meinen Schwanz, du niederes Wesen? Woher nimmst du dieses Recht? Du kannst froh sein, wenn ich deinen Stummel nicht abschneide!" Sein Unterton ließ mich frösteln, denn nichts in seinen Worten klang nach einem Scherz. Ich musste meine Tränen unterdrücken. Würde dies hier mein Ende sein?

Während ich noch versuchte, meine Energie neu zu bündeln, kam Ore schnell auf mich zu. Keine Ahnung, woher er auf einmal die Seile her hatte, doch in Sekundenschnelle hatte er meine Knöchel an den Bettpfosten fest geknotet. Obwohl meine Hände noch frei waren, wagte ich es nicht, mich zu befreien. Schwer atmend wartete ich ab, was er als nächstes vorhatte. Mich störte, dass meine Beine derart gespreizt vor ihm dalagen. Mir fiel wieder dieser Junge ein, dem hier auf der Insel ein Revolver in den Rektum gesteckt wurde und jemand tatsächlich abdrückte.

Obwohl dieser im Krankenhaus gerettet werden konnte, betete ich lieber dafür, schnell und direkt zu sterben. Als hätte er mich erhört, stieg Ore aufs Bett, direkt zwischen meine unteren Beine. Seine rechte Hand griff nach meinen Eiern, aber nicht hart, sondern wohlwollend wie Allen. Die Linke griff sich meinen Schaft und wähnte mich in erotischer Sicherheit. Schnell kehrte meine Geilheit zurück und ich vergaß kurzweilig die Gefahr, die von ihm ausging.

„Dein Gehirn denkt nur ans Ficken. Mehr kann es nicht", raunzte Ore mir ins Gesicht, nur um mir danach direkt mit der flachen Hand ins Gesicht zu schlagen. Meine Wange rötete sich direkt und ich war schon froh, dass er nicht die Faust genommen hatte, sonst wäre meine Nase jetzt gebrochen. Aber ich wähnte mich keinesfalls in Sicherheit. Zu Recht, wie sich noch herausstellen würde.

Das Leben der Gaia Vecoli – in Bitlife

Ich bin mit sehr ungleichen Eltern aufgewachsen. Als ich geboren wurde, hatte meine Mutter Emma gerade erst die Volljährigkeit erreicht, während mein Vater Stefano bereits seinen 60. Geburtstag plante. Für sie war er wohl das, was allgemein als Sugar Daddy bekannt ist. Er besaß viel Geld und konnte es sich durchaus leisten, eine junge atheistische Studentin zu unterhalten.

Mailand ist ein teures Pflaster, vor allem für eine Kunststudentin. Ein Stipendium wurde abgelehnt und ihr fehlten weitere Begabungen, um sich einen Job für nebenbei zu suchen. Als sie dann eines Abends in einer Bar diesen charmanten gutbetuchten Typen kennenlernte, nahm sie die Gelegenheit beim Schopf.

Sie konnte ja nicht ahnen, dass er sie direkt schwängern würde. Hätten sie, wie vernünftige Menschen, verhütet, gäbe es mich heute nicht. Von daher bin ich ihnen trotz dieser Naivität sehr dankbar. Meine Mutter spielte in meinem Leben die meiste Zeit ihre Rolle als Animatorin, brachte mir das Bowling spielen bei, während mein Vater für meine Bildung sorgte und mich mit ins Museum schleppte.

Als ich neun Jahre alt wurde, wurde Social media in Amerika verboten und stürzte damit die ganze Welt ins Chaos, weil von einem Tag zum anderen die großen Plattformen wie Facebook, Instagram und Youtube nicht mehr erreichbar waren. Ein Großteil der Kommunikation wurde unmöglich und musste sich über Jahre hinweg ganz neu formieren. Das Prinzip der Selbstdar-stellung, wie meine Mutter es in ihrer Jugend vollzogen hatte, blieb mir verschlossen.

Dafür kannte ich mich in den wichtigen Museen Italiens bestens aus. Die Galleria dell'Accademia in Florenz, die Galleria Borghese in Rom oder das Aquarium Genua, Vater zeigte sie mir alle und führte mich mit der Sicherheit eines Kunsthistorikers hindurch. Meine Mutter hielt mit Vergnügungsparks dagegen, zeigte mir, wie ich mich an der Kletterwand richtig abseilte und brachte mir das Schwimmen bei.

Meine Schullaufbahn verlief relativ unspektakulär. Ich war nicht die beste aber bestimmt auch nicht die schlechteste Schülerin. Unscheinbarer Durchschnitt. Zum Schulball ging ich alleine, weil mich keiner gefragt hatte und ich selbst nicht den Schneid besaß, jemanden von mir aus zu fragen. Allmählich begriff ich, dass ich nicht die Schönste war.

Die Pubertät verbrachte ich hinter einem Berg von Büchern, die ich nur verließ, um in stillen Hallen die Ästhetik der Künste zu begreifen. Obwohl meine Eltern durchaus die Kohle gehabt hätten, um mich an die Universität zu schicken, vergeigte ich leider die Zulassungsprüfung. Ich suchte mir einen Job, dem mein Vater nicht gefiel: Hausmeisterin bei der Pagnotto Company. Mein Aufgabenbereich war nicht sonderlich schwer, meine Arbeitszeiten sehr flexibel. Das Prinzip Karriere hatten mir meine Eltern nicht beigebracht.

Nach vielen Diskussionen gaben mir meine Eltern mit 19 Jahren das Geld, meine Nase richten zu lassen. Der neue, viel hübschere Zinken machten mich zwar noch nicht zum Victoria Secret Model, aber sorgten doch für eine große Verbesserung. Mein erstes Mal erlebte ich mit einer Frau, nach einem feuchtfröhlichen Nacht-club-Besuch. Sie hieß Gioia Cafara und sie war auch dafür verantwortlich, dass ich meine erste Zigarette rauchte.

Mit zwanzig hatte ich mir immerhin genug Geld zusammen gespart, um mir meine Brüste machen zu lassen. Aus meiner schmalen Platte wurde ein ansehnliches C-Körbchen und schon wirkten die Blicke der Männer und Frauen ganz anders. Ich ging häufiger aus. Vorzugsweise ins Aristotele, wo ich gerne mal die eine oder andere Person mit nach Hause nahm. So auch Davide Ferrari.

Allein der Nachname öffnete ihm die Türen, aber sein sehr attraktives Aussehen öffnete leider auch meine Beine. Ob ich das heute bereue? Kann ich gar nicht genau sagen. Ohne dieses One-night-stand wäre mein Sohn nicht entstanden. Christiano war ein unglaublich süßes Baby und schlau.

Davide war damals nicht sonderlich davon angetan, dass er Vater werden würde, schließlich war er selbst noch sehr jung und nicht bereit für diese große Verantwortung.

Ich meldete mich im Fitnessstudio an, um die überflüssigen Pfunde nach der Schwangerschaft wieder loszuwerden und traf dort auf Emily Davide, eine Polizistin. Dass sie mit Nachnamen so hieß wie mein Hookup, erfuhr ich erst später. Aber wir waren uns nicht nur auf Anhieb sympathisch, sondern es lag zwischen uns sofort eine sexuelle Spannung, dessen Energie so manches Mal ekstatische Ausmaße annahm.

Kurz nach Christianos erstem Geburtstag

starb mein Vater plötzlich im Alter von achtzig Jahren. Im Nachhinein hatte ich manchmal das Gefühl, dass meine Mutter erleichtert war, keine weiteren Jahre mit ihm verbringen zu müssen. Sie blühte richtig auf, widmete sich wieder mehr der Kunst und traute sich endlich, neue Sachen auszuprobieren.

Um den Kleinen sinnvoll transportieren zu können, kaufte ich mir einen gebrauchten cremefarbenen Chrysler Pacifica.

Kinderwagen, Windeln, Spielzeug, alles benötigte so viel Platz! Bei mir drehte sich alles nur noch um das Baby und so fiel ich aus allen Wolken, als Emily mit mir Schluss machte. Sie wollte eine Partnerin für Lifestyle-Aktivitäten und kein gestresstes Muttertier.

Dann geschah etwas, mit dem ich nicht gerechnet hatte. Um meinem Sohn etwas Gutes zu tun, besorgte ich Karten für den Circus, der gerade in unserer Stadt gastierte. Wie ich erwartet hatte, liebte er die Show, die Musik und die Tiere. Was ich erwartet hatte, dass mir in der Pause ein Job angeboten wurde. Der Manager Riccardo Baresi kam auf mich zu und erkannte den Freak in mir, zumindest sagte er das. Zuerst war ich beleidigt, aber mit seiner aufkeimenden Euphorie begriff ich die Chance, die sich hier bot.

Nicht nur würde Christiano die langweilige Kindheit, wie ich sie hatte, erspart bleiben und wir könnten reisen, neue Leute kennenlernen. Der Job als Hausmeisterin riss mich auch nicht so sehr vom Hocker, als dass ihn nicht aufgeben könnte. Und so willigte ich kurzerhand ein, mit seiner bunten Family durch die Welt zu tingeln. Es dauerte auch nicht lange, bis Riccardo mehr wurde als nur mein beruflicher Mentor.

Doch im Circus lebte es sich freier als in der normalen Gesellschaft. So gingen wir schon bald eine Menage-a-trois mit der Trapez-Künstlerin Mya Jilani ein. Eine dunkle Schönheit, die sich nicht nur gerne in luftigen Höhen verbog. Auch der schöne

Feuerschlucker Domenico Palermo verirrte sich gerne nach reichlichem Alkoholkonsum in unser Bett.

Christiano erwies sich im Laufe seiner Jugend als verantwortlicher als ich. Er mauserte sich zum professionellen Tierpfleger, der sich nicht davor scheute, die Elefanten die Schranken zu zeigen. Seine große Leidenschaft galt allerdings den Raubkatzen. Egal ob Tiger, Löwe oder Panther, er liebte sie alle und interessanterweise schienen sie ihn auch zu mögen.

Mit 40 Jahren wurde ich dann nochmal schwanger. Selbst als ich bereits mit Paolo im Kreissaal lag, wusste ich nicht, wer von beiden der Vater war. Mittlerweile bin ich mir ziemlich sicher, dass es Domenicos Kind ist, weil die erwachsene Version ihm aus dem Gesicht geschnitten ist. Darüber bin ich ganz froh, denn damit wurde ihm auch nicht die impulsive und jähzornige Seite von Riccardo zuteil.

Das zweite Kind aufzuziehen, gestaltete

sich viel leichter als beim Ersten. Ich hatte eine feste Community um mich herum, es gab eine ganze Horde anderer Kinder und irgendwer erklärte sich immer bereit, aufzupassen, wenn es Zeit war, auszuatmen und etwas anderes zu tun als Windeln wechseln, Babygeschrei ertragen und Milch abzupumpen.

Als Paolo acht Jahre alt war, bekam unser Circus einen neuen Make up Artist hinzu, der mir in kürzester Zeit sehr ans Herz wuchs. Tommaso Udinese war der schwule beste Freund, der mir bisher gefehlt hatte.

Er entführte mich aus meiner Mutterrolle, wenn ich es brauchte, gleichzeitig liebte er meine Kinder, als wären es seine eigene. Er war es auch, der sich vor mich stellte, wenn Riccardo wieder seine fünf Minuten bekam. Gegen ihn hob er nie die Hand, das traute er sich interessanter- weise nicht. Wahrscheinlich fürchtete er, selbst einiges abzubekommen, denn trotz seiner sexuellen Gesinnung war Tommaso ein zwei Meter Schrank, mit dem man sich besser nicht anlegte.

Ich bemerkte erst viel zu spät, dass er von Morphin abhängig war. Eine Kopfverletzung, die von einem Sturz kam, verursachte ihm dauerhafte Schmerzen. Anfänglich benutzte er die verschriebene Dosis, doch er entwickelte Toleranzen und so stieg die Menge stetig an.

Mir fiel irgendwann auf, dass er sich mehrmals am Tag diese Tabletten einwarf. Als ich ihn darauf ansprach, erzählte er mir die Story dazu und ich wunderte mich nicht darüber.

Doch es schien Überhand zu nehmen. Er warf die Dinger in sich hinein wie andere Menschen Smarties. Er kam zu spät, wenn überhaupt. Die Ärzte weigerten sich irgendwann, seine Dosen zu erhöhen. Auf Turkey wurde er unausstehlich, seine Finger blieben nicht ruhig genug, um die feinen Linien des Make ups zu ziehen.

Verzweifelt bat er mich, ihm zu helfen. Ich schlug ihm einen kalten Entzug vor, doch er gaukelte mir vor, dafür zu schwach zu sein.

Stattdessen bat er mich, anderweitig an seinen Stoff zu kommen. Doch es gestaltete sich schwierig, illegal an dieses Zeug heranzukommen. Mir fehlten die passenden Quellen. Daher beschloss ich kurzerhand, mich mithilfe von Büchern schlau zu machen und besorgte mir im Internet Schlafmohn-Samen.

Mit dem richtigen Know-how und dem passenden Equipment war es gar nicht sonderlich schwer, das Zeug selbst herzustellen. Ich musste nur tierisch aufpassen, dass niemand mein chemisches Treiben entdeckte. Zum Glück waren meine Männer viel zu sehr mit sich selbst beschäftigt, um sich darum zu kümmern, was die brave Mutter in ihrer Freizeit anstellte. Doch dann entdeckte unser Clown Simone Onio mein wildes Treiben und begann mich zu erpressen.

Für sein Stillschweigen sollte ich noch mehr Morphin herstellen, damit er verkaufen könne. Und es sollte nicht nur bei dieser Sorte bleiben – als ihm klar wurde, wie gut ich die Produktion mittlerweile beherrschte, verlangte er auch Heroin. Es war nur eine Frage der Zeit, bis mir mein Küchentreiben um die Ohren flog.

Natürlich ließ sich der blöde Clown beim Verkauf erwischen und zwitscherte meinen Namen bei der Polizei gleich mit aus. So kam es, dass ich mit 50 Jahren das Innere eines Gefängnisses kennenlernen durfte. Weil Simone mit den Behörden kooperierte, bekam er nur zwei Jahre auf Bewährung, während ich aufgrund der hohen Produktion gleich zehn aufgebrummt bekam.

Tommaso kam mich regelmäßig mit Paolo besuchen, während sich Christiano zu sehr für mich schämte. Obwohl ich ihm regelmäßig schrieb und bat, vorbei-zukommen, schrieb er mir nicht einmal zurück. Als dann der Circus weiterzog, endeten auch die Besuche. Im San-Vittore-Gefängnis lernte ich allerdings schnell, dass meine Fähigkeiten als Drogen-Köchin sehr gefragt waren.

Man sollte glauben, dass es in diesem Gebäude keine Möglichkeit gäbe, an die nötigen Utensilien zu gelangen, aber ich ließ mich eines Besseren belehren. Viele kreative Köpfe fanden sich hier zusammen, die ihr erfinderisches Wissen nutzten, um sich alles Nötige selbst herzustellen. Mir war sehr wohl klar, dass es meine Haftstrafe um einiges verlängern würde, sollte ich dabei entdeckt werden, doch ich hatte nichts mehr zu verlieren. So dachte ich jedenfalls.

Doch dann verstarb einer meiner besten Kunden an einer Überdosis. Alle Insassen wurden befragt, wo das Zeug hergekommen sein sollte. Und wäre ich schlau gewesen, hätte ich meinen Konsumenten Schweigegeld bezahlt. Doch das hatte ich nicht und so wunderte ich mich nicht sonderlich, als ich direkt die nächste Klage am Hals hatte. Mir fehlte die Möglichkeit, mir einen vernünftigen Anwalt zu besorgen und bekam weitere fünfzehn Jahre aufgebrummt.

Ich fing ein Techtelmechtel mit einer Insassin namens Stefania Toscani an. Sie saß für den Mord ihres Ehemannes hier, doch als sie mir ihre Geschichte erzählte, konnte ich ihr Motiv verstehen.

Was er ihr nicht nur körperlich, sondern auch seelisch angetan hatte – dafür hätte er sogar noch Schlimmeres als den Tod verdient gehabt. Doch weil sie ihre Tat präzise geplant hatte, überwogen die Umstände nicht die Grausamkeit, mir der sie seinem Leben ein Ende setzte.

Wenige Monate, bevor ich entlassen werden sollte, ich war mittlerweile 74 Jahre alt, erfuhr ich vom Tod meiner Mutter. Der Testamentsverwalter besuchte mich im Besucherraum des Gefängnisses und erklärte mir, dass ich als Alleinerbin nun über ein Vermögen von 800.000 Euro verfügte. Das war eindeutig mehr, als ich mit dem Verkauf von Drogen erreicht hatte. Ich musste mir auf jeden Fall keine Sorgen machen, bei meiner Entlassung mittellos zu sein.

Tatsächlich buchte ich mir in Freiheit erst einmal eine Kreuzfahrt. Ich schaute mir die Welt an, auch wenn mir der Gedanke quälte, meine Kinder nicht sehen zu können. Aber ich wusste nicht, wo der Circus zur Zeit gastierte und ob sie überhaupt noch Teil davon waren. Ich setzte einen Privatdetektiv an, der sich darum kümmern sollte.

Ich lag gerade am Stand der Costa del sol in Malaga, als mich ein Telegram erreichte, dass er sie gefunden hatte. Christiano war dem Circus treu geblieben und hatte sich als Dompteur einen respektablen Namen gemacht, während Paolo eine gute Schullaufbahn hingelegt und Biologie studiert hatte. Mittlerweile lebte er in Rom, während sich der Circus zur Zeit in Neapel befand.

Erleichtert lehnte ich mich zurück und bestellte einen weiteren Cocktail, froh, dass es beiden gut ging. Sobald ich zurück war, wollte ich beide besuchen, wobei ich keinen großen Wert mehr darauf legte, Riccardo und Domenico wieder zu begegnen.

Von Tommaso erfuhr ich nur, dass er sich wohl doch in Therapie begeben hatte und sich beruflich anders orientiert hatte. Ich schrieb ihm direkt, wie sehr ich ihn vermisste und das tat ich. Allerdings schwor ich mir, nichts mehr mit Drogen zu machen. Meine letzten Jahre wollte ich mein Leben genießen.

Ich kaufte mir ein hochwertiges Kamera-Equipment und dokumentierte meine Reisen, die ich mir nun regelmäßig gönnte. Einige der Fotos konnte ich an Magazine und Zeitungen verkaufen, auch wenn ich das Geld nicht nötig hatte.

Im Reisebüro meines Vertrauens lernte ich dann zufällig eine Dame meines Alters kennen. Sofia Casanova war adrett, sehr schlau und scharfzüngig. Ihr Humor gefiel mir und ich fragte sie spontan, ob sie meinen nächsten Trip nach Indien begleiten wollte. Spontan sagte sie zu und wir waren noch nicht in Hyderabad angekommen, als sie mich aus einer Laune heraus fragte, ob ich sie heiraten wollte. Wir beide konnten kein Eheleben vorweisen, daher empfanden wir es als interessante Erfahrung, die wir uns nicht entgehen lassen wollten.

Wir genossen eine tolle hinduistische Zeremonie und erkundeten gemeinsam das Land. Danach flogen wir weiter nach Santiago, Chile. Allein die Aussicht vom größten Wolkenkratzer des Landes, dem Costanera Center Torre 2, war überwältigend. Meine Fotografien aus 300 Meter Höhe ließ ich auf Postkarten drucken und verschickte sie an so ziemlich jeden, den ich kannte.

Danach ging es weiter nach Venezuela. Stefania war davon im ersten Moment nicht begeistert, denn im Laufe der Zeit hatte ich ihr natürlich von meiner Drogen-Karriere erzählt und wir flogen nun quasi ins Mekka von Gewalt, Hunger und Zerstörung. Jedenfalls realisierten wir schnell die schrecklichen Zustände dort. Wer nach 18 Uhr dort auf die Straße ging, musste damit rechnen, erschossen, entführt oder ausgeraubt zu werden. Wir beschlossen, uns dort nicht allzu lange aufzuhalten.

Nach vier Tagen flogen wir weiter in den Iran. Warum wir gerade dieses Land ausgesucht hatten, kann ich im Nachhinein gar nicht mehr sagen. Vielleicht erwischten wir einen günstigen Tarif oder mussten nur wenig umsteigen.

Dort wirkte alles anders, obwohl die Situation nicht angespannter hätte sein können, ließ sich hier keiner etwas anmerken. Nur beim Lesen verschiedener Blogs konnten wir erahnen, wie stark das Land unter dem amerikanischen Sanktionen litt. Der Hass gegen Israel, die Diskrepanz zwischen dem modernen Islam und den alten Traditionen. Wir schlossen damit unsere Reise-Kultur und flogen zurück nach Mailand.

Wir besuchten meine Söhne, doch mein Verhältnis zu Christiano blieb leider angespannt, während sich Paolo für mich freute, doch noch was aus meinem Leben gemacht zu haben. Ich lernte meine beiden Enkelkinder kennen, von denen ich bis dato gar nicht wusste, dass sie existierten. Um dauerhaft in ihrer Nähe zu sein, kauften wir uns ein kleines Häuschen in ihrer Nähe. Wie das Leben aber manchmal ist, währte mein Glück nicht lange. Wir hatten uns gerade richtig schön eingerichtet und Stefania wollte uns für ein langes Frühstück Brötchen holen.

Dazu kam es nicht mehr. Auf dem Weg zum Bäcker erlitt sie einen Schlaganfall und verstarb, bevor der Rettungsdienst eintraf. Noch immer trage ich schwarz und der Verlust schmerzt mehr, als ich in Worten ausdrücken kann, doch bin ich dankbar, dass sie nicht leiden musste und hoffe, dass mir später ebenfalls ein leichter schneller Tod zuteil kommen wird. Zur Sicherheit habe ich in meiner Kommode immer noch einen kleinen Vorrat Morphin als Rückversicherung.

Connors Box

Sheyla träumte davon, ihre Familie zu Weihnachten wiederzusehen. Die vertrauten Gesichter zu beobachten, wie sie die Geschenke auspacken und sich darüber freuen würden, für sie passende Präsente zu erhalten. Die Firmen-Weihnachtsfeier hatte sie bereits verpasst. Ob ihr Chef sie mit beachtet hatte, wusste sie nicht. Sie konnte darauf nur hoffen.

Während der dunkle Sternenhimmel immer heller wurde und sich der Morgen ankündigte, fragte sich die junge Frau, ob an diesem Tag überhaupt etwas passieren würde. Die letzten paar Tage glichen sich zur nur allzu sehr. Er hatte sie ziemlich ignoriert. Die Zeit mit seiner Frau und den Kindern verbracht.

Ihnen stand diese Aufmerksamkeit in dieser Zeit auch zu; alles andere hätte auch keinen Sinn gemacht. Im Advent besann sich sogar ein Psychopath wie Jason Connor auf seine besinnliche Art und Weise. Seine

Familienmitglieder ahnten nicht, dass sein Verhalten rein gespielt war und ihm dieses pseudo altruistisches Getue nichts bedeutete. Wie jedes Jahr spendeten sie Geld für einen gemeinnützigen Zweck. Die Putzfrau erhielt ein schokoladiges Geschenk und selbst der Hausmeister bekam eine favorisierte Flasche Whiskey.

Sheyla kannte diese Routinen bereits. Es war bereits das dritte Jahr in diesem Hause. Ihre Zelle mit den Maßen 2 mal 1,40 Metern unter dem Bett des Ehepaares besaß keine Weihnachtsdeko. Die brauchte sie auch nicht. Mit Mühe und Schmerzen hatte sie sich hochgearbeitet, damit sie nur noch maximal die Hälfte der Zeit in diesem kleinen Raum verbringen musste. Sheyla erinnerte sich daran, dass selbst solche Reinigungskräfte mittlerweile Mindestlohn bekamen. Sie war einfach dankbar, sich während dieser Zeit überhaupt frei bewegen zu dürfen.

Dank des tyrannischen Vaters gab es wenig Schmutz in diesem Haus. Sheyla musste sich also während dieser Zeit kein Bein ausreißen. Das konnte sie auch gar nicht, denn ihre Muskeln waren aufgrund der dauerhaften Fesselungen um einiges zurück gegangen. Die Erinnerungen ans Fitness-Studio verblassten mit jedem weiteren Tag mehr und mehr. Stattdessen drehte sich ihr neues Leben darum, kostenfreie Putzfrau und Sklavin zu sein.

Sofern sie die Wahl hatte, bevorzugte sie den ersten Job, denn der zweite war verbunden mit einer Menge Schmerzen und Wunden, die sie nur schwer ertragen konnte.

Zwar hatte sie in all der Zeit gelernt, damit umzugehen, doch es fiel ihr in der Hinsicht schwer, weil sie nie Teil der BDSM-Szene gewesen war. Bevor sie entführt worden war, hatte sie die Buch-Reihe „50 shades of Grey" gelesen, aber selbst danach war ihr nie in den Sinn gekommen, diese vielen Praktiken ausprobieren zu müssen. Diese erotischen Bücher deckten sich nicht annähernd mit der alltäglichen

Praxis.

Die Praktiken, die ihr Dom an ihr vornahm, waren nicht einmal mehr FSK 18. Die einzige Grenze, die er bisher eingehalten hatte, war das Brechen ihrer Knochen. Bisher waren diese noch alle intakt. Das konnte sie von ihrer Haut leider nicht mehr sagen. Einstichwunden, Hämatome und Brandblasen zierten ihren ganzen Körper dort, wo die Peitschenhiebe nicht sichtbar blieben.

Während sie die Küche putzte, fiel ihr Knecht Ruprecht ein. Ob dieser wohl in seiner Grundfassung submissiv gewesen war? Oder wieso wurde man freiwillig ein Knecht? Eine kurze Wortversion für Leibeigener. Untergebener. Sklave mit lausiger Bezahlung. Und wenn der Weihnachtsmann einen Knecht hatte, war dieser vielleicht ein Sadist? Und wenn hoffentlich ein Einvernehmlicher, denn für die Kinder dieser Welt wäre es kaum verständlich, ihren größten Geschenke-macher als gefährlichen sexuellen Sadisten zu deklarieren.

Wer will sich schon vorstellen, dass der Mann in dem roten Kostüm und dem weißen Bart ein hartes Rohr bekommt, wenn er jemanden mit seiner Rute versohlt und damit droht, damit auf den Hintern zu hauen. Sheyla kicherte beim Wischen der Arbeitsfläche. Das Versohlen des Hinterns wirkte in ihren Fall so furchtbar lächerlich. Als wenn das wirklich schlimm wäre. Sie erinnerte sich an das Gefühl der brennenden Zigarre an ihrer erregten Klitoris.

Das hatte wirklich weh getan und die Rötung spürte sie mit jedem Schritt. Es würde noch ein paar Tage dauern, bis diese Reizung verschwinden würde und bis dahin würde ihm bereits neue Dinge einfallen, die er ihr antun könnte. Sie machte sich nichts vor – er würde seine Grenzen neu austesten.

Ihr Tod war das Schlimmste, was ihm passieren konnte. Sein Spielzeug machte man nicht kaputt. Obwohl sich Weihnachten anbot, sich etwas Neues zu gönnen. Aber anscheinend war Connor noch zufrieden mit seiner aktuellen Errungenschaft.

Sheyla spürte, wie ihre schamhaften Innenseiten feucht wurden und sie hasste sich dafür, dass ihr Körper reagierte, ohne nach ihrer Meinung zu fragen. Als Connor anfing, sie zu vergewaltigen, war sie die meiste Zeit wund und trocken, doch mit der Häufigkeit hatte ihr Organismus gelernt, darauf zu reagieren und mittlerweile reichte der Gedanke an seinen übergroßen Schwanz, ihre Genitalien anschwellen zu lassen.

So sehr sie es hasste, gefesselt zu sein, so sehr genoss sie die Orgasmen, die er ihr verpasste. Denn sie hatte aufgehört, diese zurückzuhalten. Im Gegenteil bauten diese den aufgestauten Druck ab, den das Vermissen ihrer Familie und des Freundeskreises gestaltete. Nur zu gern würde sie ihren Geliebten eine Message zukommen lassen, aber Sheyla fürchtete sich zu sehr dafür, was Connor mit ihnen anstellen würde. Er hatte ihr bereits damit gedroht, ihre Familie mithilfe einer kooperierenden Firma verschwinden zu lassen.

Ihr fiel die letzte Weihnachtsfeier ein. Die Frau ihres Entführers hatte eine Gans zubereitet. Während diese im Ofen schmorte, hatte Sheyla versucht, in ihrer Zelle, den gestopften Inhalt zu erraten. Rosmarin, Apfel, Birne, Zimt, Anis und viel mehr, meinte sie wahrzunehmen, während sie selbst wie ein Paket verschnürt dahin lag und genau wusste, dass sie von diesem Schmaus absolut gar nichts abbekommen würde.

Als sie die Küche sauber hatte, wandte sie sich dem Wohnzimmer zu und während sie die vielen Oberflächen reinigte, fiel ihr auf, dass sie allein im Haus war. Es bestand also durchaus die Möglichkeit zur Flucht. Sheyla konnte jetzt einfach gehen. Aber war dies wirklich eine Option? Oder bedeutete das eine Verschlimmerung der Tatsachen, würde Connor dies herausfinden?

Natürlich würde er sie finden und dann würde er seinen sexuellen Trieb auf ein neues Level heben. Wenn sie dabei noch zum Orgasmus kommen würde, konnte sie noch von Glück reden.

Die Wahrscheinlichkeit, dass er sie mehrfach an ihr vergehen würde und das, ohne Kondom wurde immer wahrscheinlicher. Sheyla fragte sich, was passieren würde, wenn sie schwanger werden würde.

Dürfte sie das Kind behalten oder würde er ihr das Leben aus dem Leib prügeln? Letzteres empfand sie als realistischer, weil er bereits in seiner jetzigen Ehe als Vater versagte. Diese mehr als große Verantwortung würde er sich kein weiteres Mal antun.

Ihre erste Empfängnis hatte er zum Glück gar nicht mitbekommen! Sheyla hatte nur verwundert wahrgenommen, dass ihre Periode ausblieb. Doch danach kam ein besonders sadistischer Schub von ihm und er boxte ihr quasi das Leben aus dem Bauch, um ihr Winseln genießen zu können. Er hatte sie sofort weg gesperrt, damit sie nicht seinen teuren Teppich ruinieren würde.

Ein unerwartetes Shoppingerlebnis

Schon beim Anziehen spürte ich, dass ich dieses Shirt kaufen musste. Das Material fühlte sich richtig an. Der Stoff schmiegte sich an meine Figur, ohne sie negativ zu betonen und der Ausschnitt wirkte für einen Mann fast schon obszön weit.

In dem mit einem Vorhang begrenzten Raum meiner Umkleide griff ich zusätzlich zu einer dunkelgrauen Jeans mit unzähligen Löchern, die für mein Empfinden perfekt zu dem Shirt passte. Sie saß hauteng, trotzdem ließ sich die Knopfleiste problemlos schließen und betonte meinen Schritt sehr wohlwollend.

Ich fühlte mich sexy und selbstbewusst, als ich die Umkleidekabine verließ und vor den ersten Spiegel trat. Mein Spiegelbild gab mir nicht nur ein Like sondern gleich ein High Five und ich feierte mich für meine Auswahl, sodass ich es wagte, einen Catwalk hinzulegen und vor die große

Fensterwand zu treten. Ich posierte, als wäre ich bei Germany's next Topmodel und dadurch bemerkte ich nicht, wie ein weiterer Vorhang gelüftet wurde.

Erst, als ich eine Pirouette drehte, registrierte ich den interessierten Blick, den mir der hübsche Kerl entgegenwarf. Meine Wangen färbten sich instant knallrot. Nicht, weil mir diese Drehung peinlich war, sondern weil dieser Mann kein Unbekannter war.

Ein Stammgast des Restaurants, in dem ich arbeitete und den ich von Anfang an sehr attraktiv fand. Herr Müller kam immer mit seiner blonden Frau. Beide sehr intelligent. Sophisticated. Weltoffen.

„Joar, wenn du solche Outfits auf Arbeit tragen würdest, könnte sich dein Trinkgeld vervielfachen, Solan." Ich ließ mich von meinen Gästen duzen, das förderte das Wir-Gefühl, welches mir am Herzen lag. Hörte sich das nur nach meinem Gehör wie ein Flirtversuch an?

„Herr Müller, sehen wir uns endlich mal

wieder. Ihr Look ist wie immer sehr stilsicher." Ich sah mich mehrfach um – wo war seine Frau? War er mit anderen Leuten unterwegs. Mir durfte kein Fauxpas unterlaufen. Sie würde mir nie verzeihen, wenn ich ihrem Mann Avancen machte. Solch zahlungswillige Kunden verlor man nicht gerne.

„Janine ist nicht hier, wenn dir das Sorgen bereitet."
Sein entwaffnendes Lächeln zeichneten diese charmanten Grübchen in sein fein gemeißeltes Gesicht. Ich spürte, wie die Röte meine Wangen erklomm und ärgerte mich darüber. Ein cooles Pokerface sah anders aus. Wie schaffte dieser Typ es nur, in jeder Sekunde diese Selbstsicherheit auszustrahlen? Es zog mich magisch an.
„Deine Frau interessiert mich nicht." Ich biss mir auf die Zunge. Warum agierte mein Mund immer schneller als mein Verstand? Sein Lächeln verwandelte sich in ein anzügliches Grinsen und er fuhr sich mit der rechten Hand durch sein dichtes dunkel

gewelltes Haar. Doch ein Zeichen von aufkeimender Unsicherheit?

Immerhin hatte er anscheinend die Zwischenzeile verstanden. „Es ist okay zu flirten. Du solltest anfangen, deine innere Handbremse zu lösen." War das ein Tadel oder eine Aufforderung?

Ich blickte noch einmal zu meinem Spiegelbild und registrierte, dass Müllers Blick mich förmlich auszog. Also war letzteres gemeint gewesen. Er wollte, dass ich das Tempo erhöhte? Das konnte er haben.

„Gibt es noch mehr Outfits von Ihnen, die ich bestaunen darf?" Ich warf kokett den Kopf zur Seite und wagte dabei einen frechen Blick in seine Umkleidekabine. Tatsächlich hingen dort noch mehrere Kleidungsstücke. Allein die Vorstellung, wie er sich auszog, um sich dann neuen Stoff um seinen muskulösen Körper zu hüllen, regte meinen Speichelfluss an. „Ich bin ja direkt nebenan. Wenn Sie Hilfe brauchen, sagen Sie bitte Bescheid."

Müllers Blick wurde düsterer. Aktiv ging er auf mich zu und blieb nur eine Handbreite vor mir stehen:

„Ich heiße Ken, wie der Ex von Barbie."
Meine Sinne drohten zu explodieren. Nicht nur drang sein unwiderstehlicher Duft zu mir hinüber, seine sinnlichen Lippen waren nicht nur zum Greifen, sondern auch zum Küssen viel zu nah und die Versuchung raubte mir den Atem. Vor dir steht ein Gast, den musst du in Zukunft auch noch freundlich bedienen, genau so wie seine Frau.

Ich mochte Janine. Sie war schlau, witzig und charmant. Wer war ich, dass ich mir erlaubte, sich an ihrem Mann zu vergnügen? Ich fühlte mich allein aufgrund meiner Gedanken wie ein übler Sünder. Und dann spürte ich plötzlich seine Lippen auf den meinen. Ich hatte nicht den ersten Schritt getan, aber es fühlte sich so unglaublich gut an, dass ich nicht aufhören wollte. Trotzdem löste ich mich kurzweilig. Ken sah mich leicht verwirrt an, während ich nach den richtigen Worten suchte: „Es ist nicht so, dass es mir nicht gefällt, was hier geschieht. Ich habe nur nicht damit gerechnet. Und wir haben noch ein paar Outfits vor uns. Erst die Arbeit, dann das Vergnügen?"

Ich stellte den letzten Satz bewusst als Frage, um klarzumachen, dass wir unseren Fokus nicht verlieren durften. Gleichzeitig baute ich ein wenig darauf, dass das weitere Umziehen ihn auf das Wesentliche zurück besinnen verhalf.

Als ich den Vorhang meiner Kabine zurück schlug, feierte ich innerlich die vorige Szene, während mein Verstand bereits tausende Alarmzeichen aussendete, bevor ich auch nur in Betracht zog, das nächste Outfit auszuprobieren. Ich spielte hier nicht nur mit dem Feuer, ich drohte damit, direkt in die Flammen zu springen.

Weil sich meine Kabine sehr weit links befand, wagte ich einen Blick in den Laden – von den beiden Verkäuferinnen abgesehen, schienen wir beide wirklich die einzigen

Kunden zu sein. „Ich höre gar nicht, dass du neue Sachen anziehst." Kens Stimme drang durch das dünn lackierte Holz, das uns trennte.

Ich biss mir kurzweilig auf die Lippe, dann fand ich meine Sprache wieder: „Du willst doch gar nicht, dass ich mir etwas anziehe." Ken schien scharf die Luft einzusaugen, erwiderte aber nichts Entsprechendes. Stattdessen hörte ich, wie er seinen Vorhang aufzog. Ich trug nur meine dunkelrote Retropants, verließ aber trotzdem meine Kabine.

Ken trug ein hautenges weißes Shirt, dessen dünner Stoff seine erregten Brustwarzen extra stark hervorhob und eine hellblaue Jeans, die keinen Hehl aus seiner bereits wachsenden Erektion machte. „Solan, du beförderst mich direkt in Teufels Küche." So wie Ken mich ansah, schien ich sein verkörpertes Verlangen zu sein. Eine Vorstellung, der ich nur zu gerne entsprach.

Meine Handbremse war definitiv nicht mehr

angezogen. Ich versenkte meine Hand in seinem dichten Haar und zog ihn direkt zu mir heran. Meine Zungenküsse stießen nicht auf Widerstand, im Gegenteil. Mein Körper drängte ihn in seine Kabine. Nur im ersten Moment wirkte es, als wäre hier kein Platz, doch als Ken den Vorhang zuzog, befanden wir uns in einer anderen Welt und hier galten andere Maßeinheiten.

Körperliche Nähe war das einzige, das wir suchten. Haut an Haut, Lippen an Lippen, selbst unsere Finger machten sich komplett selbstständig und es dauerte nicht lange, bis wir Geräusche verursachten, die eigentlich nicht in dieses Etablissement passten.

Ich hatte es noch nicht annähernd geschafft, seine übergroße Beule frei zulegen, als er meine Retropants bereits herunter gezogen hatte und keinen Moment zögerte, sich hinzuknien und mein bestes Stück in sich aufzunehmen. Ungehemmt stöhnte ich auf, ließ ihn frei agieren und freute mich über erfahrene Lippenkunst, die er fordernd benutzte. Ken schaffte es, kurzweilig innezuhalten, um sich des weißen Shirts zu entledigen und gab mir damit die Möglichkeit, seinen muskulösen Oberkörper zu inspizieren. Mit jedem weiteren Muskel, den meine Hände erkunden durften, wurde mein Schwanz härter.

Es schien, als wollte er unbedingt meinen Saft kosten, denn er schaltete keinen Gang herunter, sondern eher hinauf. Ich krallte meine Hände oben an die Kabine und schloss die Augen. Kontrollieren konnte ich in diesem Moment gar nichts mehr. Ich genoss einfach nur das Gefühl, wie sich mein mega dickes Rohr in seinem Mund anfühlte. Und dann wagte er es, einen Finger in meinen Po zu stecken.

Selbst, wenn ich es gewollt hätte, gab es nun kein Halten mehr. Aus meiner Kehle drangen merkwürdig tiefe Geräusche und mein Körper zuckte rhythmisch, als sich meine Explosion in vielen einzelnen Schüben löste. Ken behielt frech meine dicke Eichel umschlossen, während sich mein ganzer Schwall in ihm ergoss. Tatsächlich kam ich mehrere Tage nicht dazu, meinem Trieb Erleichterung zu verschaffen, sodass Ken nun meine geballte Lust in seinen Rachen geschossen bekam.

Als ich endlich mich endlich entspannte, löste er seine Lippen von mir und grinste mir frech entgegen: „Das hat sich aber gelohnt! Heute brauche ich kein Smoothie mehr. Du solltest das vermarkten lassen." Mit wackeligen Knien erhob er sich und ich griff instinktiv in seinen Schritt, dessen mächtiges Rohr hilflos nach außen drückte.

„Dann gönne ich mir jetzt meine Dosis Vitamin C." Obwohl Ken etwas unwissend den Kopf schräg legte, verstand er doch mein Verlangen, als er von sich aus, seine Hose aufknöpfte. Mir sprang ein XL-Penis der Superlative entgegen — rosa, geädert, lang, dick, mit einer wunderschönen Eichel.

Ich verstand Janine nur zu gut. Allein für diesen Schwanz hätte ich diesen Mann geheiratet. Ganz egal, was für ein

Arschloch er sein möge. Sich von dieser geilen Latte bumsen zu lassen, lohnte sich. Mir fehlen die Worte, um Kens Gestöhne zu beschreiben. Anscheinend trieb ich ihn in Sphären, von denen er selbst nicht wusste, dass sie existieren.

Ähnlich wie ich klammerte er sich oben an die Rückwand und ließ mir freie Hand, sodass es mir leicht fiel, seine großen umhüllten Eier in meinem Mund aufzunehmen, daran zu ziehen, um Ken neue Geräusche zu entnehmen. Ich schob ihm schon zu Anfang einen Finger in seinen wohl geformten Hintern und steigerte damit sein Lustpotential.

Nicht, weil ich fürchtete, dass er länger brauchen würde, als ich, sondern gerade weil ich merkte, dass seine Geilheit bereits wesentlich durch meinen Orgasmus gesteigert war. Mich hemmte jetzt gar nichts mehr. Ich wollte nur noch seinen Saft schmecken. Saugen, lecken, an den richtigen Stellen Druck ausüben.

Als ich spürte, dass sein Cumshot

unausweichlich näherrückte, nahm ich seinen Schaft so weit es möglich war in meinem Mund auf und drückte gleichzeitig einen zweiten Finger in sein enges Loch hinein. Es dauerte nur einen Bruchteil einer Sekunde, bevor er laut aufstöhnte, kurz einfror und mir dann eine Unmenge Sperma an die Rückwand meiner Kehle entlang floss. Sein dicker Schaft zuckte in mir, als wenn ein Dutzend Zitteraale daran entlang stießen.

Obwohl sein Erguss wohl bekömmlich schmeckte, ärgerte ich mich bei der Menge, ihn nicht zum Analverkehr überredet zu haben. Die ganze Soße hätte er auch in meinen Po schießen können. Und als hätte er meine Gedanken gelesen, sagte Ken:

„Beim nächsten Mal schieße ich diese Ladung direkt in deinen Arsch, damit das klar ist." Ich richtete mich wieder auf, sodass ich ihm in seine wunderschönen Augen blicken konnte. Gleichzeitig rieben sich nun unsere dicken Luststäbe aneinander: „Herr Müller, Sie sind ein sehr ungezogener Kerl! Bei nächster Gelegenheit werde ich ihrer Frau empfehlen, Ihnen ordentlich den Hintern zu versohlen."

Kens Schwanz wurde bei dieser Aussicht jetzt schon wieder hart wie Blei: „Wenn du auf so etwas Bock hast, brauchst du es nur zu sagen. Ich hab einen ordentlichen Rohrstock zuhause, wenn du es mir mal richtig besorgen willst."

Anstatt darauf etwas zu erwidern, drehte ich mich herum, servierte ihm mein klitschnasses Loch und drückte meinen Hintern gegen seinen dickes Rohr. Ohne zu zögern schob er sich nach vorne und versenkte sich tief in mir.

Das Leben des Dragoljub Ivaz – in Bitlife

Ich war nicht geplant. Als ich im serbischen Belgrad geboren wurde, wusste ich das natürlich noch nicht. Ein merkwürdiger Wink des Schicksals hatte dafür gesorgt, dass der schwarze Truck meiner jungen Mutter genau vor dem After-Work-Café liegen blieb, in dem mein Vater als Rechtanwalts-Fachangestellter seine Pause verbrachte.

Weil ihr Akku leer war, rannte sie durch den Regen ins Café und fragte den schick gekleideten Typen am Tresen, ob sie seines kurz leihen könnte, um den Reparatur-Service anrufen. Mhaijlo und Teodora – eine junge und stürmische Liebe, zeugte mich in einem unbedachten Moment des lustvollen Berauschtseins.

Wenn ich mir heutzutage Bilder meiner Kindertage anschaue, stellen sich mir die Nackenhaare hoch. Ich war ein mäßig schönes Baby und die Intelligenz hatte ich auch nicht mit Löffeln gefuttert. Das einzig Spannende in meinen ersten fünf

teil-weise

Jahren war die Krise zwischen Äthiopien und dem Iran, von dem ich selbst überhaupt nichts mitbekam. Dabei ging es um Massenvernichtungsmassen, doch ich lernte lieber erst einmal laufen und sprechen.

Als Sechsjähriger startete ich meine Schullaufbahn. Obwohl ich mich beim Lernen anstrengte, fühlte ich mich nicht sehr wohl. Mir wurde bewusst, wie wenig Geld wir besaßen und die anderen Kids coolere Klamotten trugen und mich aufgrund meiner billig genähten Sachen hänselten. So vergrub ich mich tiefer in die Bücher. Mied die anderen.

Die Äthiopien-Iran-Krise endete, als ich neun Jahre alt wurde, mit der Wahl der neuen äthiopischen Präsidentin Freaulai Hawaryat. Ich erinnere mich eher daran, wie mir mein Vater das Golf spielen beibrachte. Ein Schnupperkurs, für den er lange gespart haben musste. Er konnte sehr liebevoll sein, aber seine Strafen hatten es in sich. Als ich beim Basketball spielen die Windschutzscheibe unseres

Autos zerdepperte, durfte ich zwei Wochen nicht mehr in den Park.

Kurz vor meinem elftem Geburtstag machten wir einen Campingtrip übers verlängerte Wochenende. Es war der erste Urlaub als Familie und wir alle genossen die Möglichkeit, aus unserem schwierigen Alltag auszubrechen. Wir lernten dort eine weitere Familie kennen, dessen Tochter Mira Stankic es mir angetan hatte.

Sie war zwar nur ein Jahr älter als ich, doch in ihrer Entwicklung schon viel reifer. Aus meiner Erinnerung heraus kann ich sie nicht als Schönheit beschreiben, doch ihr Wissen zog mich an. Ihr Interesse war eher körperlicher Natur und als sie mir anbot, sie zu küssen, nutzte ich die Gelegenheit.

Es war kein guter erster Kuss. Wir versuchten es mit Zunge, doch die fehlende Erfahrung verursachte nur ein lebloses Herumstochern. Ihr Atem roch nach Käse, daran erinnere ich mich noch. Wir sahen uns nie wieder.

Im Jahr darauf nahm mich meine Mutter in ein kleines Konzert mit, welches in der örtlichen Bibliothek stattfand. Bei dieser Gelegenheit besorgte sie mir auch einen Auswahl und ich verbrachte nun viele Stunden in den leicht staubig riechenden Räumlichkeiten. Nachdem ich die Biographie eines tibetischen Mönches verschlungen hatte, begann ich sogar zu meditieren. Für meine Eltern musste das sehr befremdlich gewirkt haben.

Mit dreizehn bekam ich die Gelegenheit, zu einem Schultanz zu gehen. Eine Band wurde organisiert und es gab sogar einen Kostümfundus, an dem wir uns bedienen durften, sodass sie meine Eltern nicht in Unkosten stürzen brauchten. Ein Mädchen gefiel mir in dieser Zeit besonders gut: Mira Vlahovic. Sie war sehr hübsch. Langes schwarzes Haar, dunkle funkelnde Augen und sie betonte bereits ihre Weiblichkeit. Ich wagte es sogar, sie zu fragen, ob sie mit mir zum Tanz gehen wollte, doch sie gab mir einen Korb und ich ging allein.

Bei weitem war ich nicht der einzige Junge, der allein zu diesem Event ging. Mir fiel ein Mitschüler aus einer Parallelklasse auf, dem ich bisher keinerlei Beachtung geschenkt hatte, doch seine Kleidungswahl war so speziell, dass sie mir förmlich ins Auge sprang. Ein brombeerfarbener Anzug und eine gelbe Federboa entsprachen nicht gerade der Norm, aber das gefiel mir irgendwie. Es war das erste Mal, dass ich das Gefühl hatte, mich nicht nur den Frauen hingezogen zu fühlen.

Als 14-Jähriger wählte ich den Schwerpunkt Englisch, weil mich dank meiner vielen Bücher das Thema Sprache nicht losließ und mir gerade Schriftsteller wie Walt Whitman, Jane Austen und Stephen King gefielen. Und erst zwei Jahre später entdeckte ich den Sport für mich, als mich meine Eltern zuerst zu einem Boxkampf mitnahmen und kurze Zeit später zu einem Rugbyspiel. Natürlich sprachen mich nun, aufgrund der Pubertät und der aufkeimenden sexuellen Lust sowohl die muskulösen Körper der Männer als auch die Koketterie der Cheerleaderinnen an. Ich begann zu sparen, um mir bei nächster Gelegenheit eine Mitgliedschaft fürs Fitness-Studio leisten zu können.

Mit der Volljährigkeit schloss ich die Schule ab und bestand meinen Auto-Führerschein beim ersten Versuch. Ich war sehr dankbar, dass ich trotz unserer miesen finanziellen Situation die Möglichkeit dazu bekam. Sofort machte ich mich auf die Suche nach einem Job, denn ich wollte unbedingt auch meinen Eltern etwas zurückgeben. Meine Bemühungen, bei einem der ansässigen Zeitungen unter-zukommen, trugen allerdings keine Früchte. Niemand interessierte sich für einen Neuling von der Schule ohne Berufs-erfahrung.

Meine Statur hatte sich dank meiner sportlichen Disziplin stark verändert. Aus meiner hageren Gestalt war eine Schrank-wand geworden und dieser Umstand verhalf mir, einen Zufall für mich zu nutzen: Eine Filmcrew kam in unsere Stadt, um einen Actionfilm zu drehen. Bei einer der gefährlichen Szenen hatte sich einer der Stunt-Double verletzt und es wurde allgemein ein Ersatz gesucht. Ich versuchte mein Glück und wurde auf Anhieb angeheuert.

Zwei Jahre später lernte ich beim Fitness Duan Milosevic kennen und verliebte mich unsterblich. Er war sieben Jahre älter, arbeitete bei einer Firma namens Crimson Designs als Ingenieur und war nicht nur sehr schlau, sondern auch unglaublich sexy. Allerdings suchte er nur seinen Spaß und so endete es mit Tränen und einem Studio-Wechsel.

Dort kam ich mit den falschen Leuten in Kontakt. Allerdings boten sich damit neue Möglichkeiten, an Geld zu kommen. Für den Verkauf einer großen Packung Ecstasy bekam ich 20.000 Dollar bar auf die Hand. Für einen armen Schlucker wie mich ein Segen, doch ich schwor mir, nicht auf die schiefe

Bahn zu geraten und tat es als einmalige Sache ab.

Mit meinem neu gewonnen Reichtum kam auch der Größenwahn. Weil mein Job gut lief, dachte ich, dass mir eine Nasen-Operation vielleicht auch zu einer Schauspiel-Karriere verhelfen könnte.

Leider geriet ich an den falschen Arzt und das Ergebnis war schrecklich. Die Nase als solches war okay, aber es war nicht mehr meine. Ich verfiel in Depression und zog mich wieder mehr zurück, bis meine Mama an die Adresse einer renommierten Ärztin kam und dafür sorgte, dass sie die Korrektur zurücknahm.

Im darauffolgenden Jahr lernte ich Stanislaya Djokovic kennen. Die USA hatten sich gerade mit Griechenland verbündet und bereiten sich für den Krieg gegen Peru vor.

Ich verfolgte diese politischen Entwicklungen mit großer Sorge und diskutierte mit meinem Freundeskreis lautstark darüber, als sie sich, ohne einen von uns zu kennen, in das Thema einbrachte. Mir imponierte ihr Mut und so kamen wir ins Gespräch.

Sie war drei Jahre jünger, arbeitete als Buchhälterin einer renommierten Firma. Im Gegensatz zu mir kannte sie sich hervorragend mit Finanzen aus und half mir und meinen Eltern, unsere Konten sinnvoller zu organisieren. Sie schaffte es, mich in einer Bar vor einem Publikum Karaoke zu singen, schleppte mich in teure Restaurants und verbrachte im Sommer Stunden im Park, während wir über Gott und die Welt sprachen.

Bei einer Familienfeier, bei der wir alle zu viel Sekt tranken, gestand mir meine Mutter, dass sie es peinlich fand, dass ich als Stuntman arbeitete. Ich weiß noch, wie geschockt ich gewesen war. Nie zuvor hatte sie meine Berufswahl infrage gestellt. Erst der überschäumende Alkohol brachte diese Erkenntnis zutage.

Als Stanislava dann noch meinen Heiratsantrag ablehnte, brach die Welt für mich zusammen. Was hatte ich denn falsch gemacht im Leben? Ich verdiente mein eigenes Geld, hatte mir gerade erst einen neuen Ford Focus ST gekauft und einen Film abgedreht, in dem ich das Double von Stefan Kapicic gewesen war. Ich brauchte einen Richtungswechsel.

Zuerst trennte ich mich von meiner Freundin. Ich ging wieder mehr aus. Der Club Infinity wurde für mich zum zweiten Wohnzimmer. Ich trainierte mehr und mehr und verlor mich amourösen Abenteuern. Dabei hielten sich Männer und Frauen die Waage. Ein Job-Angebot führte mich kurzweilig nach Caracas, Venezuela. Dort lernte ich Milan Anic kennen. Er war Make up Artist und sorgte nicht nur für geniale Maskeraden sondern verzückte mich auf besondere Art und Weise.

Er kam aus der gleichen Region wie ich, doch sein Können hatte ihn auf diesen Kontinent gebracht. Seine theatralische Art wirkte auf andere manchmal etwas verrückt, aber mich zog dieses überzog

Dramatische förmlich an.

Beim Spazierengehen jagte er den bunten Schmetterlingen hinterher wie ein junger Hund. Er brachte mich dazu, mit ihm von einer Klippe zu springen – natürlich safe am Seil. Und er war der einzige, der mich beim Hot Dog essen schlagen konnte. Doch während mir allmählich dämmerte, dass ich mehr von ihm wollte, spürte ich förmlich, dass wir nicht das gleiche wollten. Milan war noch nicht bereit dazu, den Schritt nächsten Schritt zu wagen und mich zog es zurück in meine Heimat.

Ich hätte in Venezuela bleiben sollen! Obwohl ich mich regelmäßig bei meinen Eltern gemeldet hatte, zogen diese es vor, mir nichts von der Krebserkrankung meiner Mutter zu erzählen. Das erfuhr ich erst, als ich vor deren Haustür stand und mein Vater auf dem Weg ins Krankenhaus war. Im gleichen Atemzug erfuhr ich von Luka's Suchtproblemen. Mein ehemals bester Freund war voll auf Crack und ließ sich nicht helfen. Ich versuchte, mit ein paar Leuten eine Intervention zu starten, doch das endete in einem Desaster.

Noch voll auf Drogen ging er mit einem Messer auf mich los und stach mir mehrfach in den Rücken. Zum Glück verfehlte er meine Wirbelsäule, doch es dauerte viele Wochen, bis ich wieder fit genug war, um zu arbeiten. Und natürlich fehlte mir Milan. Aber ich fand schnell Ablenkung. Sein Name war Stefan Bajic und war neun Jahre jünger als ich. Wenn ich so darüber nachdenke, hätte mir sofort klar sein müssen, dass auch diese Beziehung nicht gut gehen konnte. Mein Hang zu jüngeren Männern würde nie etwas Dauerhaftes werden.

Als ich 30 Jahre alt wurde, kam der Umschwung. Aus heiterem Himmel flatterte mir meine Kündigung ins Haus. Das Film Studio hatte keine Lust mehr auf meine Männergeschichten. Meiner Mutter ging es allmählich besser und ich nahm dies zum Anlass, endlich nach einer besseren Anstellung zu suchen.

teil-weise

Stefan brachte mich dann auf die passende Idee. Er schwärmte immer davon, wie gut ich seinen Nacken von all den Verspannungen lösen konnte, die das Tragen der schweren Kamera verursachte. Ich besuchte daher einen Kurs zum Massage Therapeuten und bekam tatsächlich einen Job einem Salon, in dem ich zwar weit weniger verdiente als vorher, aber meine Mutter freute sich, dass ich nun ihrer Meinung nach etwas Sinnvolles tat.

Als wir trotzdem etwas Geld zusammen gespart hatten, flog ich mit Stefan nach Indien. Es wurde eine Mischung aus Urlaub und Weiterbildung, weil mich dort die ayurvedische Massage sehr interessierte und ich buchte daher direkt ein paar Kurse. Bei einer Tour auf einem Elefanten wagte ich das Unmögliche. Ich bot um Stefans Hand an und er sagte „Ja"! Glücklicher hätte ich nicht sein können. Mein Vater schlug vor, auf dem Golfplatz zu heiraten. Ich fand die Idee fantastisch und zum Glück konnten wir uns das mittlerweile auch leisten. Für die Flitterwochen erkoren wir Pamplona aus. Mein Mann in spe interessierte sich vor allem für die Stierläufe, ich dagegen für die vielen gotischen Kirchen, denn diese nordspanische Stadt gehörte mit zum Jakobsweg.

Als wir wieder kamen, erwartete mich der nächste Schlag. Luka hatte dem Crack endlich entsagt, war dafür aber zum islamischen Staat übergegangen. Das widersprach natürlich allem, woran ich glaubte und mir blieb nichts anderes übrig, als ihm Lebewohl zu sagen. Um mich davon abzulenken, kauften wir uns ein schönes Loft und das gemeinsame Einrichten zerstob meine düsteren Gedanken.

Eines Abends bei einem Glas Rotwein philosophierten wir über unsere Zukunft und wie diese aussehen könnte. Wir ließen uns treiben und füllten kichernd einen Adoptionsantrag online aus, machten uns allerdings keine großen Hoffnungen auf Erfolg. Umso überraschter waren wir ein

Jahr später, als wir einen Brief bekamen, in dem uns die Möglichkeit unterbreitet wurde, die kleine Katarina Jankovic zu uns zu holen, zuerst probeweise als Pflege-eltern.

Sie blieb und war unser ganzer Stolz – bis wir eine weiteren Brief bekamen. Nach unserer erfolgreichen Adoption wurde uns ein weiteres Mädchen angeboten. Als wir die süße Andela Bajic sahen, konnten wir gar nicht anders als zusagen. Zwei Prinzessinnen zu erziehen entwickelte sich allerdings zu seiner großen Aufgabe, die uns so manches Mal an unsere Grenzen brachte.

Mit den Kindern verbrachten wir eine traumhafte Kreuzfahrt nach Hawaii. Katarinas Faible für Kunst förderte ich mit allem, was mir möglich war. Zum fünfzehnten Hochzeitstag schenkte Stefan mir einen pinken Cadillac aus den 1960er Jahren. Ein Traum, von dem ich gar nicht mehr wusste, dass ich ihm davon erzählt hatte.

Kurz nach meinem 50. Geburtstag zog Katarina in ihre erste eigene Wohnung. Bei unserem ersten Besuch berichteten die Nachrichten gerade von einem schlimmen Erdbeben in China, daran erinnere ich mich noch gut. 150 Menschen starben, viele Tausende verloren ihr Hab und Gut. Es war schrecklich. Zwei Jahre später starb meine Mutter an ihrem Krebsleiden. Trotzdem der vielen Therapien kam die Tumore jedes Mal wieder zurück. Mein Vater war am Boden zerstört.

Um mich von meiner Trauer zu befreien, überredete Stefan mich, mit ihm und Andela nach Japan zu fliegen. Ein unvergesslicher Trip. Zwei Jahre später zog auch sie aus unserem Heim aus und auf einmal fühlte sich unser Loft unglaublich groß und leer an. Auf einmal kam ich auf dumme Gedanken. Ich ließ mir meine Falten wegmachen und meine Libido machte einen Sprung nach oben, mit dem Stefan nicht mithalten konnte.

So absurd es war, dass Neuseeland den

Niederlanden den Krieg erklärte, war die Tatsache, dass ich mit 55 Jahren zum ersten Mal fremd ging. Auch heute könnte ich nicht erklären, wieso ich damit anfing. Es blieb natürlich nicht aus, dass Stefan Wind davon bekam. Wir stritten fürchterlich; er konnte nicht verstehen, warum ich auf einmal jetzt, nach so langer Zeit den Drang verspürte, mich weiter auszuprobieren. Ich besaß auch gar keine Argumente, warum ich das machte.

Unter Tränen unterschrieben wir die Scheidungspapiere. Ein Jahr später starb auch mein Vater und ich bin mir heute noch sicher, dass er an gebrochenem Herzen starb und er jetzt wieder mit meiner Mutter vereint ist. Ich indessen steckte in einer Sinnkrise. Meine Töchter brauchten mich nicht mehr, lebten ihr eigenes Leben. Alles in der Stadt erinnerte mich an all die tollen Erinnerungen mit Stefan.

Und so verließ ich meine Heimat erneut und zog relativ spontan nach Deutschland.

Natürlich bekam ich dort nirgends eine Anstellung zum Massage Therapeuten, aber ich bekam den Hinweis, dass die ehemalige Gehirn-Chirurgin Stephanie Lehmann einen Haushälter sucht, jemand, der sie selbst auch zum Arzt fahren kann, der ihr Gesellschaft leisten kann, ihr die Klassiker vorlesen kann. Und beim ersten Aufeinandertreffen war schnell klar, dass ich wie für diesen Job gemacht war.

Zusammen sahen wir im Fernsehen dabei zu, wie Australien die erste Mondkolonie startete. Wir flogen gemeinsam nach Cuba und sahen den jungen Leuten beim Tanzen durch Havannas Straßen zu. Hier erzählte sie mir zum ersten Mal von ihren Ängsten, dass ihre Kinder sich um ihr Erbe streiten könnten. Und so entwickelten wir einen tollkühnen Plan, der uns keine Sympathie einbrachte.

Ohne sie einzuweihen, heirateten wir im Düsseldorfer Standesamt und damit würde ihr Vermögen nach ihrem Tode mir zustehen. Und erst danach an ihre Kinder gehen.

Während ich dies schreibe, trage ich noch schwarze Kleidung. Ihre Kinder reden nicht mit mir. Meine Töchter melden sich nur sporadisch. Weder von Milan noch von Stefan habe ich wieder gehört. Ich bin jetzt ein reicher alter Mann – und bin allein.

Meine letzten Tage auf dieser Welt verbringe ich Neapel und erobere die italienischen Straßen mit meinem pinken Cadillac, bis ich im Alter von 100 einfach friedlich einschlafe.

Der Tote am Dreiflüsseeck

Andreja quälte sich unbeholfen aus ihrem blauen BMW 3. Wenn sie noch eine Nacht auf dieser Matratze schlafen müsste, konnte sie sich direkt einen Termin beim Chiropraktiker besorgen.Die Sonne besaß an diesem Sonntag morgen noch nicht die Power, die sie im Laufe des Tages entwickeln würde. Ihr Kollege, Hauptkommissar Berlach, stand schon am Tatort und ließ sich von der Gerichtsmedizinerin in die Fakten einweisen.

Es war typisch für ihn, dass er nicht damit wartete. Warum sollte er ihr den Einstieg auch erleichtern? Als wäre es nicht schwer genug, in einer neuen Stadt, in der sie sich überhaupt nicht auskannte, als Ermittlerin tätig zu sein. Von einer Großstadt wie Berlin in das beschauliche Passau zu wechseln war nicht ihre Idee gewesen.

„Da bist du ja endlich! Hast du dich mal wieder verfahren?" Connors rauen Ton konnte sie mittlerweile trotzdem gut einschätzen. Mit dieser ruppigen Art überspielte er, dass er eigentlich ein netter Kerl war. In dieser Branche nützte einem das aber nichts. Bei ihrem ersten Fall hatte sich schnell heraus kristallisiert, dass bei dem Spiel „Guter Cop/böser Cop" sie nicht die Böse sein würde.

„Nein, ich habe ich mich nicht verfahren, danke der Nachfrage. Ich war nur komplett zugeparkt und kam nicht aus der Parklücke heraus. Ich brauche dringend eine Wohnung mit Garage." Connor verdrehte die Augen und wendete sich wieder der Leiche am Ufer zu. Das Privatleben seines Teams interessierte ihn nicht, auf Ergebnisse kam es ihm an und die fehlten in diesem Fall noch gänzlich.

„Der Jogger dort drüben hat diesen Mann im Wasser liegend gefunden, um circa sechs Uhr, als er seine übliche Strecke lief. Eine Stichwunde im Bauchraum könnte dafür gesorgt haben, dass das Opfer bereits vorm

Eintritt ins Wasser verstarb. Das wird aber erst die Obduktion zeigen." Andreja ging näher an den Verstorbenen heran, bemerkte direkt die teure Uhr am Handgelenk mit dem grünen Krokodil darauf.

„Einen Raubmord können wir dann wohl ausschließen", sagte Connor, als hätte er ihre Gedanken gelesen. In seinem Portemonnaie waren Bankkarten und sechzig Euro in Scheinen noch vorhanden.

„Also wissen wir, wer er ist?" Die junge Ermittlerin atmete erleichtert aus. Bei einem Mord nahm der Täter gerne alle auszuweisenden Gegenstände mit, um die Bestimmung des Opfers zu erschweren. Mitunter konnte es gerade bei Wasser-leichen ganze Tage dauern, bis die Identifikation geklärt war.

Allerdings konnte diese Person noch nicht lange in der Donau gelegen haben, denn die Fische des breiten Flusses hatten sich noch nicht an dem frischen Fleisch bedient.

„Es handelt sich um Noah Hillerich, 23

Jahre alt, sein Presseausweis zeichnet ihn als Online-Redakteur der Passauer Neue Presse aus. Wohnhaft in der Hammerbach-straße in Neustift." Connor rasselte die Fakten mit seiner sonoren Stimme neutral herunter. Doch dann änderte sich sein Tonfall:

„Ich glaube, ich habe ihn gekannt." Diese persönliche Zusatzinformation ließ Andreja aufhorchen. Sie war erst seit vier Wochen in seinem Team und es war das erste Mal, dass er etwas Privates offen legte. Bisher wusste sie nur, dass er ein schickes Loft in Innstadt besaß, sechs Jahre älter als sie war, anstatt eines Autos fuhr er eine schwarze Triumph Bonneville Bobber und er leitete die Kriminalkommission seit sechs Jahren. „Woher kanntest du ihn?", fragte sie vorsichtig.

„Wenn ich mich nicht täusche, ging er in dasselbe Fitnessstudio wie ich. War einer von der stillen Sorte, nicht sehr gesellig." Connor drehte sich herum und schaute auf das fließende Gewässer, während er über etwas nachdachte. Auch Andreja nahm sich Zeit, die Örtlichkeit zu inspizieren. Hier an der Promenade des Dreiflüsseecks, wo Donau, Inn und Ilz zusammenliefen, befand sich ein Spielplatz und eine Reihe hoher Bäume. Danach begann die Altstadt mit vielen mehrstöckigen Häusern, verwinkelten Gassen und jeder Menge Geschäfte.

Hier ungesehen einen Mord zu begehen, wirkte unmöglich. Die Leiche musste dementsprechend einen anderen Tatort haben. Connor schien zum gleichen Schluss gekommen sein, als er fragte: „Wie schnell fließt dieser Fluss eigentlich?" Andreja hoffte auf eine rhetorische Frage, doch sein Blick wirkte anders. Schnell zückte sie ihr Smartphone, gab die Frage in eine Suchmaschine ein und scrollte ein wenig, bevor sie die Antwort parat hatte: „Zwei Komma eins Meter pro Sekunde."

Connor stöhnte und ließ seine rechte Hand durch seinen dichten schwarzen Bart streifen: „Also haben wir keinen blassen

Schimmer, wo der Mord passiert sein könnte. Und je länger wir brauchen, um den zu finden, um so weniger Spuren finden wir dort. Hervorragend."

Andreja zog es vor, theoretisch an den Fall heranzugehen: „Was ist das Motiv? Wieso musste Noah sterben? Wer hat einen Nutzen von seinem Tod?" Es fiel ihr schwer, um diese Uhrzeit solch komplexe Überlegungen anzustellen, ohne mindestens eine Tasse Kaffee intus zu haben. „Wir brauchen hier nicht weiter verweilen."

Connor warf einen Blick auf seinen Chronographen: „Bäckerei Hoft müsste eigentlich schon geöffnet haben. Komm, ich lade dich auf einen Cappuccino und eine Brezel ein. Mit gestärktem Magen denkt es sich besser."

Sie liefen gemeinsam am Donaukai entlang. Obwohl die Sonne allmählich das Flussufer einem angenehmen Schimmer verpasste, hatte dieser Anblick für die Ermittler einen bitteren Beigeschmack. „Jemand hat ihn erstochen und ihn dann ins Wasser geworfen?" Andreja strich sich mit der einen Hand das blonde glatte Haar nach hinten, während sie eine Piloten- sonnenbrille aufsetzte. „Klingt für mich nach einer Affekttat. So etwas plant jemand nicht in einer Samstag Nacht, wenn die Altstadt voller Studenten ist. Viel zu riskant, gesehen zu werden."

Connor wies ihr an, dass sie beim Hotel „Wilder Mann" am Rathausplatz links abbiegen mussten und zeigte mit der rechten Hand zur Veste Oberhaus hinauf, die in diesem Licht wie eine Burg einer viel früheren Zeit wirkte. Seine Kollegin folgte zwar seiner Bewegung, doch er merkte schnell, dass ihr die Sehens- würdigkeiten nicht sonderlich wichtig waren: „Gegen deine Affekthandlung spricht aber, dass nicht jeder nachts ein Messer dabei hat. Das hoffe ich jedenfalls."
Die Schrottgasse wirkte friedlich und unbelebt – an einem Samstag Abend waren hier die Restaurants gefüllt und in der Cocktailbar „Journey" wimmelte es von

hippen und trendigen Leuten, die sich in der Dunkelheit von Komangos und Basel Bashs ernährten. „Du meinst, jemand hat die Gelegenheit bewusst genutzt? Könnte er Feinde gehabt haben? War er einem Skandal auf den Fersen, den jemand nicht aufgedeckt haben möchte? Immerhin war er Journalist."

Doch Andreja bezweifelte ihre Theorie direkt nach dem Aussprechen. Sie konnte sich kaum vorstellen, dass hier schlimme Sachen passierten. Aber ein Mord war schrecklich genug, oder nicht?

„Du meinst, wir sollten ein IT-Team auf seinen Laptop ansetzen? Das können wir machen, aber dann brauchen wir einen dringenden Verdacht für diese These. Vielleicht fällt dir noch was anderes ein, wenn du eh gerade so schön beim Brainstorming bist?"

Er lächelte, zum ersten Mal, seit sie sich aufgrund dieses Anlasses heute morgen zusammengefunden hatten. Seine reinweißen Zähne gaben einen starken Kontrast zu seiner dunklen Haut.

Sie bogen rechts in die Schustergasse ein, die dann in den Residenzplatz über ging, an dem sich der Bäcker befand, den Connor vorgeschlagen hatte.

„Gehen wir noch einmal zurück zum Mord im Affekt. Diese Fälle sind meistens familiär bedingt oder passieren im Rahmen von Partnerschaften." Der Hauptkommissar griff direkt zum Telefon und rief direkt in der Polizeiinspektion an: „Ich brauche die familiären Hintergründe von Noah Hellerich und zwar bis gestern." Ohne eine Antwort abzuwarten, legte er wieder auf.

Wie ein Gentleman hielt er Andreja die Tür auf, bevor sie die Bäckerei betraten. Diese Filiale des traditionsbewussten Familienunternehmens wirkte sehr modern. Connor begrüßte die Verkäuferin mit Vornamen und ignorierte ihr flirtendes Lächeln, während er seine Bestellung aufgab. Seine Kollegin nutzte die Zeit, um das Mordopfer bei Facebook zu suchen. Sie erhoffte sich zwar nicht viel davon, aber womöglich gab das Profil Informationen preis, die ihnen weiterhelfen konnten.

Als Connor sich zu ihr setzte, konnte sie ihr neu gewonnenes Wissen direkt weitergeben: „Es lebe der gläserne Mensch", begann sie ihren Kurzvortrag, „Noah war Single und schwul, zu weiteren Familienmitgliedern gibt es keine Angabe, er hat tatsächlich ‚Heimos Fitnessstudio' angegeben und auf seinem Titelbild ist ein brauner Dobermann an seiner Seite."
Connor nippte an seiner Tasse, auf dessen Milchschaummitte ein Herz thronte. Sie bedankte sich für das spontane Frühstück und gönnte sich einen großen Schluck der koffeinhaltigen Köstlichkeit. „Dann kannte ich ihn bestimmt auch vom Cute Room und nicht nur vom Sport. Und wo ist der Hund? Wenn der noch zu Hause ist, muss jemand dorthin fahren." Andreja riss ein Stück von ihrer Brezel und mit leicht vollem Mund sagte sie: „Müssen wir das nicht sowieso? Denn solange die Gerichtsmedizin nichts Gegenteiliges feststellt, kann er

auch in seinen vier Wänden erstochen und dann nachträglich in das Gewässer geworfen worden sein. Die SpuSi sollte dort fertig sein, bevor wir dort ankommen, meinst du nicht?" Connor nickte kurz und gab das direkt in Auftrag.

Er hatte gerade erst aufgelegt, als das Smartphone vibrierte. Die Inspektion arbeitete flott: „Laut einem Zeitungsartikel hat er seine Eltern bei einem Autounfall verloren, als er noch klein war. Daraufhin wuchs er bei seiner Großmutter in Maierhof, Tulpenstraße 4, auf."

Andreja hatte ein schlechtes Gewissen, dass sie sich hier immer noch so schlecht auskannte. In Berlin kannte sie jeden Stadtteil wie ihre Westentasche, doch hier konnte sie es sich einfach nicht merken, wo sich welcher Bereich befand.

„Maierhof war nochmal wo genau?" Sie nahm Connors missbilligen Blick in Kauf und rührte beschämt in ihrem Cappuccino herum. „Quasi auf der anderen Donauseite von

Hacklstein. Dann kommt Unteröd und dann Neustift, wo Noah wohnte. Er ist also nicht weit von ihr weg gezogen. Vielleicht sollten wir erst zu ihr fahren."

xxx

Leonore Hellerich wohnte in einer hübschen Siedlung mit einem Wendekreis am Ende. Andreja parkte den BMW an der rechten Seite. Das Klingelschild an der Tür verdeutlichte, dass sie in der ersten Etage wohnte.
Beide Ermittler atmeten noch einmal tief ein, bevor Connor auf die Taste drückte. Der Familie mitzuteilen, dass ein geliebter Mensch aus ihrer Mitte gerissen worden war, gehörte zu den unangenehmen Seiten der Polizeiarbeit. Tatsächlich kam die Großmutter sehr schnell an die Tür und in ihrem Gesicht war direkt abzulesen, dass sie mit jemand anderem gerechnet hatte.

„Guten Morgen, grüß Gott, was ich kann

ich für Sie tun?" Andreja wirkte überrascht, wie frisch und dynamisch Noahs Oma daherkam. Das kurze weiße Haar adrett und modern frisiert, ihr dezentes Make up ließ ihre wenigen Falten verschwinden und mit dem Outfit könnte sie auch direkt in die Kirche gehen.

„Grüß Gott, Frau Hellerich. Wir kommen von der Polizeiinspektion Passau. Können wir drinnen besprechen, weswegen wir hier sind?" Connor sprach neutral, doch seine Stimme klang jetzt sanfter als sonst. Die rüstige Dame öffnete ihre Tür in Zeitlupe und ihr gerade noch so strahlender Teint wurde plötzlich fahl und stumpf: „Hat Noah etwas angestellt? Ist er deswegen nicht zum Frühstücken aufgetaucht?"

Andreja und Connor gingen an ihr vorbei in das große Esszimmer, in dem tatsächlich noch alles für ein üppiges Frühstück eingedeckt war. Eine hellblaue Thermoskanne stand auf dem großen viereckigen Tisch, jede Menge Aufschnitt, optisch ansprechend angerichtet. Es fehlten allerdings die Brötchen; der dafür bereit gestellte Korb war leer. „Wir sollten uns setzen", sagte die Kommissarin und griff sich einen Stuhl an der Wandseite, um sich umfassend umsehen zu können.

Connor ging automatisch an ihr vorbei und setzte sich neben sie, sodass Frau Hillerich am Kopfende Platz nehmen konnte. „Was ist denn jetzt mit Noah? Sie brauchen mich nicht schonen. Wir haben schon so viel miteinander durchgemacht. Es gibt immer eine Lösung." Innerlich feierte Andreja diese Einstellung, doch sie machte sich gleichzeitig Sorgen, wie lange die gute Dame diese Haltung noch aufrecht halten wollte.

„Frau Hillerich, wir kommen mit schlechten Nachrichten. Heute morgen hat ein Jogger ihren Enkel leblos am Ufer der Donau gefunden. Es tut uns Leid, Ihnen das mitteilen zu müssen. Nach unserem jetzigen Ermittlungsstand hat ihn jemand er-stochen."

Andreja hatte eine Packung Taschentücher

direkt griffbereit in ihrer Jackentasche, doch zu ihrer Überraschung gab es keine Tränen. Stattdessen reagierte die Großmutter wütend:

„Das ist doch nur ein schlechter Scherz, oder? Wer ersticht denn einen unschuldigen jungen Mann? Ich kann das gar nicht glauben! Noah hat doch niemandem was getan!" Sie war aufgesprungen und tigerte auf und ab: „Er kommt jeden Sonntag zum Frühstücken vorbei. Das ist ein Ritual, dass wir aufgebaut haben, als seine Eltern bei einem Autounfall vor vielen Jahren verstorben sind. Er brachte immer die Brötchen mit. Diese leckeren Sojakrusterl von Bäckerei Kerscher. Die schmecken am besten, wissen Sie?"

Jetzt war es an Connor, die richtigen Fragen zu stellen: „Leider ist es kein Scherz, Frau Hillerich. Wir sind jetzt auf Ihre Hilfe angewiesen, um den Täter zu finden. Wer könnte ein Interesse daran gehabt haben, ihrem Enkel das Leben zu nehmen? Schuldete er jemandem Geld? Ein eifersüchtiger Partner? Wir sind für jeden Hinweis dankbar." Endlich stoppte sie. Ihr Blick ging in die Ferne, Richtung Donau; von hier aus konnte sie die Franz-Josef-Strauß-Brücke sehen, die sich mit dem üblichen Verkehr füllte.

„Ich kann immer noch nicht fassen, dass sie diese Brücke sanieren wollen, anstatt eine neue Effektivere dort hinzusetzen. Noah hat sich immer tierisch darüber aufgeregt, wie heruntergekommen das Ding ist. Ich glaube nicht, dass er jemandem Geld geschuldet hat, jedenfalls keine Summen, die einen Mord rechtfertigen. Und ich kann mir nicht vorstellen, dass sein Ex genug Mumm für so etwas Grausames hätte."

Andreja öffnete die Notiz-App auf ihrem Smartphone: „Wer ist denn sein Exfreund? Und seit wann sind die beiden getrennt?"

Frau Hillerich schnaubte verächtlich: „Simon Arnsberg. Noch nicht lange, gute zwei Wochen her, denke ich. Noah war es wohl leid, sich ständig rechtfertigen zu müssen." Connor musste nachhaken: „Inwiefern?" Nun drehte sie sich den Ermittlern zu, mittlerweile hatten sich doch kleine Tränen gebildet und drohten, die Wimperntusche zu verschmieren: „Simon glaubte an das Prinzip der Lichtnahrung, wissen Sie? Er versuchte ständig, meinen Enkel zu überreden, bei diesem Wahnsinn mitzumachen." Die Kommissare sahen sich beide an und zuckten gleichzeitig mit den Schultern. Andreja wollte darüber mehr wissen: „Können Sie dieses Prinzip näher erläutern?"

Die robuste Dame lehnte sich auf eine der Stuhllehnen und begann zu referieren: „Natürlich. Ich habe mir diesen Blödsinn mehrere Male anhören müssen. Simon glaubt daran, dass er sich allein von Licht ernähren kann und verzichtet auf Essen und hat das Trinken auf ein Mindestmaß herunter geschraubt. Er hat mir diese Dokumentation ‚Am Anfang war das Licht' auch mal ausgeliehen, aber ich konnte den Film nicht zuende schauen." Connor legte den Kopf schräg. „Der isst nichts? Gar nichts? Und er hat versucht, ihrem Enkel dieses Prinzip aufzudrängen?"

Frau Hillerich schüttelte lachend den Kopf: „Er konnte einfach nicht verstehen, warum Noah weiterhin auf das Essen bestand, wo er doch tagtäglich sehen konnte, dass es bei Simon funktionierte. Ich war froh, als er mir erzählte, dass er diesem Typen den Laufpass gegeben hatte."

Dann schlug sie auf einmal die Hände vor den Mund: „Ach herje! Ich hab ihnen gar nichts angeboten? Möchten Sie Kaffee?" Sie holte noch eine weitere Tasse aus dem Schrank an der Seite, stellte sie vor Andreja und nahm die andere, die ursprünglich für Noah gedacht war, um Connor direkt einzuschenken. „Sie glauben aber nicht, dass dieser Simon etwas mit der Tat zu tun hat?"

Nachdem sie sich selbst Kaffee eingeschenkt und sich gesetzt hatte, löffelte sie gedankenverloren Zucker in das schwarze Heißgetränk: „Ich kann es mir kaum vorstellen. Auch wenn ich von Simon nicht viel halte, glaube ich schon, dass er meinen Noah geliebt hat. Und der musste ja Samstag nachts immer arbeiten, Barkeeper im Cute Room. Deswegen kam mein Enkel sonntags immer allein mit seinem Hund."

Als hätte sie damit das passende Stichwort gegeben, klingelte Connors Handy. Er stand auf und verzog sich kurzweilig in eine Ecke des Raums, doch das Gespräch dauerte nicht lange. „Das waren die Jungs von der Spurensicherung. Wir können jetzt in Noahs Wohnung. Dort gab es keine Anzeichen eines Kampfes oder ähnliches. Wir können also ausschließen, dass das der Tatort ist. Übrigens bisher keine Spur von dem Tier. Sehr wahrscheinlich wird er ihn dabei gehabt haben."

Andreja blickte von Connor zu Frau Hillerich: „Sie sagten vorhin, dass Noah seinen Hund sonntags immer mitbrachte. Es ist ein Dobermann, richtig? Wenn dieser dabei war, als der Täter ihren Enkel erstach, hätte dieser sein Herrchen nicht beschützen wollen?" An ihren Kollegen gewandt fügte sie hinzu: „Sollten wir in der Uniklinik anfragen, ob sich jemand wegen Bissverletzungen behandeln ließ?"

Connor setzte sich wieder und lächelte: „Nette Idee, aber wenn du gerade jemanden abgemurkst hast, gehst du nicht an einen Ort, wo all deine Daten und Fakten aufgenommen werden, oder?"

Andreja kräuselte ihre Lippen und nippte dann an ihrem Kaffee: „Oder der Täter kannte sowohl Opfer als das Tier. In dem Fall hat er den Hund vielleicht mitgenommen?"

Hier mischte sich Frau Hillerich wieder ein: „Das kann ich mir kaum vorstellen. Sylar besaß ein schwieriges Wesen und war sehr auf Noah fixiert. Simon kam mit dem Hund gar nicht klar. Sie mochten sich nicht sonderlich."

Connor konnte sich ein Kichern nicht verkneifen: „Verzeihen Sie mir, aber so ein Fall ist mir noch nicht untergekommen.

Ein unschuldiges Opfer, kein Motiv und der einzige Zeuge ist ein Hund und von dem gibt es keine Spur. Hervorragend."

Als sein Telefon erneut klingelte, seufzte er und sprang wieder vom Stuhl auf. Das Gespräch dauerte länger; Andreja versuchte noch ein paar mehr Details aus Noahs Leben zu erfahren: „Er hat doch bei der hiesigen Zeitung gearbeitet. Gab es dort vielleicht Reibereien? Wie war das Arbeitsklima dort?"

Frau Hillerich riss entrüstet die Augen auf: „Noah liebte seine Arbeit und schwärmte von seinen Kollegen. In seiner Redaktion waren sie fast alle im gleichen Alter, die trafen sich auch privat und gingen gemeinsam zum Sport."

Andreja hatte diese These schon wieder beiseite gelegt, als ein Zögern sie aufhorchen ließ:

„Allerdings erwähnte er mal, dass der neue Volontär ein schwieriger Charakter wäre, mit dem er bereits ein paar Mal aneinander gerasselt war."

Gerade, als die Ermittlerin weiter stochern wollte, gesellte sich Connor wieder zu ihnen: „Jetzt kommen wir langsam weiter. Es gibt einen Zeugen, der gesehen haben will, wie erst ein Mann über die Franz-Josef-Strauß-Brücke geworfen wurde und dann ein Hund hinterher. Laut seiner Aussage ein brauner Dobermann. Allerdings konnte er nicht beschreiben, wie der Täter aussah, weil er in seinem Boot zu weit weg saß. Nur, dass es ein junger Mann gewesen war."

Frau Hillerich runzelte die Stirn: „Das ist ja ein toller Zeuge. Ist eine solche Aussage überhaupt rechtsgültig?" Andreja wunderte sich über diese merkwürdige Reaktion, stellte allerdings eine ähnliche Frage: „Warum hat er denn nicht gleich die Polizei verständigt?" Es sah so aus, als hätte Connor darauf bereits erwartet, denn er verdrehte die Augen:

„Weil er mit seiner Geliebten auf dem Boot seiner Frau unterwegs war. Er wollte erst einmal für sich abschätzen, ob er überhaupt als Zeuge in Erscheinung treten konnte." Andreja hätte sich am liebsten noch eine weitere Tasse Kaffee eingeschenkt, doch ihre Zeit bei Frau Hillerich neigte sich dem Ende zu.

„Das ist wirklich ein toller Zeuge, gebe ich Ihnen Recht, Frau Hillerich. Aber besser einen als keinen, nicht wahr? Konnte er denn irgendeine Beschreibung des Täters abgeben? Haarfarbe oder prägnante Kleidungsstücke?"

Der Hauptkommissar schüttelte den Kopf. „Vielleicht sollten wir einfach mal zu diesem Arnsberg hinfahren und uns den Jungen genauer ansehen. Können Sie uns seine Adresse geben?" Frau Hillerich nickte: „Der wohnt am Severinstor 1 in Innstadt." Andrea legte den Kopf schräg: „Ist das nicht bei dir um die Ecke?" Connor nickte. Sie drückten noch einmal ihr Beileid aus und verabschiedeten sich von Noahs Großmutter.

„Während du am Telefon warst, erzählte die gute Dame übrigens davon, dass er Stress mit einem Kollegen hatte. Sollten wir dieser Spur auch nachgehen oder klingt ein Mord nach Redaktionsschluss zu plakativ?"

XXX

Simons WG-Zimmer wirkte auf Andreja so gar nicht gemütlich. Eine ausziehbare rote Ledercouch war der einzige Hingucker, abgesehen von dem riesengroßen Plakat des Films „Am Anfang war das Licht" mit der Pusteblume vor gelben Hintergrund. Auf der Fahrt nach Innstadt hatte die Kommissarin sich weiter damit beschäftigt und ein Youtube-Video gefunden, über einen jungen Mann, der das ebenfalls über einen längeren Zeitraum praktiziert hatte und am Ende daran auch gestorben war. Zu Tode gehungert.

„Herr Arnsberg, wir müssen Ihnen leider mitteilen, dass ihr Exfreund Noah Hillerich heute morgen leblos am Ufer der Donau gefunden wurde. Wir gehen davon aus, dass ihn jemand ermordet hat." Die

Ermittler hatten sich vorher abgesprochen, wie sie dieses Gespräch angehen würden. Das Prinzip Guter Cop/Böser Cop würde hier zum Tragen kommen und jeder kannte seine Rolle sehr genau.

„Nein! Das kann doch nicht war sein!", schluchzte Simon und hielt sich die Hand vor dem Mund. Seine hellgrünen Augen wurden von einem Schleier Tränen-flüssigkeit bedeckt und ein Schütteln ließ seinen fast schon dürr wirkenden Körper vibrieren. Andreja fragte sich unwill-kürlich, ob sein wildes blondes Haar so aussehen sollte oder er gerade erst aufgestanden war. Beides wirkte möglich. Sah so ein Mörder aus? Sie vermochte es nicht zu sagen, zückte aber dennoch ihre bereits angebrochene Packung Taschen-tücher.

Connor wartete noch eine Minute, bis sich Simon wieder halbwegs gefangen hatte, dann begann er mit dem Befragen: „Haben Sie eine Idee, wer ein Interesse an seinem Tod haben könnte? Hatte er Feinde?" Obwohl er noch weinte, versuchte der junge Mann, eine Antwort darauf zu geben: „Nein, Feinde hatte er nicht. Auch seine Schulden hatte er mittlerweile alle beglichen, soweit ich weiß."

„Was für Schulden waren das?" Andreja zückte wieder ihre Notiz-App. Sie registrierte, wie Simon sich die Antwort in seinem Kopf zurechtlegte. Als sein Magen knurrte, hätte sie ihn gerne angeschrien, dass dieser Lichtquatsch seinen Tod bedeuten könnte – aber hier stand ein anderer Todesfall im Vordergrund.

„Er erzählte mir immer wieder, wie hoch der Druck sei, die nächste große Schlagzeile zu finden. Gerade in der Online-Medienwelt bist du vom Liken und Teilen abhängig – Noah sagte immer, der Skandal muss online lesbar sein, bevor er passiert."
Connor stand von der roten Couch auf, sein muskulöser Brustkorb füllte sich mit ungeduldiger Luft: „Du hast die Frage

damit nicht beantwortet. Beim wem hatte dein Ex Schulden?" Andreja kannte das schon, wenn ihr Kollege seine innere Ruhe verließ, vergaß er jegliche Höflichkeiten. Simon schien das eher interessant zu finden, denn fast im flirtenden Ton erwiderte er:

„Hast du schon mal versucht, nicht mehr zu schlafen, weil du Angst hattest, etwas Gutes zu verpassen? Genau dafür suchte Noah nach der passenden Droge. Und die kosten nun mal Geld." Erleichtert stellte Andreja fest, dass ihr Kollege auf dieses Wimperngeklimpere nicht einging: „Und die hast du ihm nicht zufällig spendiert, weil du ihn geliebt hast?" Die Hand des Studierenden zeigte einmal durch den spärlich eingerichteten Raum: „Sehe ich wie ein Sugardaddy aus? Ich wohne nicht umsonst in einer WG und habe während meines Studiums zwei Nebenjobs."

Auch Andreja ließ ihren Blick schweifen; unter dem französischen Futon fiel ihr eine mandelfarbene Ledertasche auf, die sie von befreundeten Köchen kannte. Die trugen ihre Messer darin, als Arbeitswerkzeuge. Obwohl ihre Neugier ins Unendliche schoss, reagierte sie ganz anders: „Leonore Hillerich hat uns nur erzählt, dass sie am Wochenende im Cute Room arbeiten. Wo arbeiten sie denn noch?"

Ohne die Kommissarin zu beachten, richtete Simon seine Antwort direkt an Connor: „In der Woche arbeite ich im Journey als Barkeeper. Die haben mir sogar eine extra Schulung in München spendiert, um noch besser mit den Cocktails zu werden. Wenn du mal Bock auf einen Komango hast, frag nach mir."

Als Connor ihm näher kam, dachte Andreja kurzweilig, dieses Verhör ginge völlig in die falsche Richtung. Doch dann realisierte sie, dass ihr Kollege die Situation für sich in Anspruch nahm: „Auf das Angebot komme ich gerne zurück. Aber jetzt sage mir erstmal, warum du Noah umgebracht hast."

Nun sprang Simon vom Stuhl auf. Obwohl er

nicht annähernd die Statur vom Hauptkommissar hatte, überragte er diesen doch um mehrere Zentimeter: „Wer sagt denn, dass ich ihn umgebracht hätte? Zu der Zeit war ich noch arbeiten. Ich hatte gar keine Zeit, um ihn an der Brücke abzufangen."

Connor blieb direkt vor ihm stehen und strich sich zufrieden durch den Bart: „Die Franz-Josef-Strauß-Brücke haben wir bisher mit keiner Silbe erwähnt. Aber gut, dass du weißt, wo dein Ex abgestochen wurde. Sein Hund übrigens auch. Aber dass du den nie mochtest, wussten wir bereits. Noahs Oma hat uns gut instruiert."

Simon ließ sich blass wieder auf seinen Bürostuhl fallen: „Sie schiebt mir allein die Schuld in die Schuhe, oder?" Andreja nutzte diese These für sich: „Laut ihrer Aussage konntest du nicht ertragen, dass Noah sich weigerte, deiner Lehre der Lichtnahrung nachzugehen. Weder kamst du mit ihr gut klar, noch mit Sylar."

Ohne Umschweife drehte sich Simon seinem Monitor zu und gab etwas in seiner

Tastatur ein, sodass auf seinem Bildschirm in Sekundenschnelle ein Youtube-Video öffnete, bei dem er direkt auf Pause drückte.

„Es stimmt, ich kam mit dem Hund nicht klar, weil mich dieser als dauernder Konkurrent sah – und ich ihn." Andreja runzelte die Stirn, weil sie diese Aussage nicht einschätzen konnte:

„Sorry, aber wieso sah Sie der Hund als Bedrohung? Sie waren mit dem Herrchen liiert, damit waren Sie doch quasi der Stellvertreter, oder nicht?"

Simon simulierte Würgegeräusche: „Nein, danke, ich habe kein Problem, mit so einem Haustier Gassi zu gehen. Sie zu Hause zu ertragen, für deren Futter zu sorgen. Alles darüber hinaus geht nicht klar." In Simons Gesicht stand ein tief empfundenes Gefühl von Ekel, welches Connor nicht so einfach eliminieren konnte.

„Aber der Hund war doch nicht der Grund eurer Trennung, oder wohl?" Er legte den Kopf schräg und wartete auf eine bessere

Erklärung, die er nicht hatte: „Sie glauben vielleicht, dass ich der Freak bin, weil ich nichts esse, aufgrund meines Glaubens.

Das mag ungewöhnlich und befremdlich sein und das empfand Noah auch so. Trotzdem lernte er, darüber hinweg zu sehen und mich als den Mann zu nehmen, der ich bin. Ich versuchte, mich dementsprechend zu verhalten, aber mit der Zeit lernte ich leider, dass ich mit Sylar nicht mithalten konnte. Jedenfalls nicht in dieser Beziehung."

Connor wich verwirrt zurück; seine Taktik zog hier nicht, von daher konnte er sich auch wieder zurückziehen. Von daher setzte er sich wieder auf das Sofa: „Deswegen brachten Sie Exfreund und Hund zeitgleich um?" Mit diesem Abstand kehrte automatisch seine Höflichkeit zurück und Andreja musste sich ein Grinsen verkneifen.

Ohne eine Antwort zu geben, ließ Simon ein Stück des zuvor heraus gesuchten Youtube-Videos laufen. Mit einer Mischung aus

Abscheu und Neugier verfolgten die Ermittler diese Dokumentation über Zoophilie, bis Connor von sich aus innehielt: „Ich kann nicht mehr! Willst du mir sagen, Noah war einer von dieser Sorte?"

Bei diesem sensiblen Thema blieb kein höfliches Getue mehr übrig, wurde überflüssig. Simon nickte nur und sofort liefen ihm wieder die Tränen über die Wangen: „Aber ich gehe nicht alleine in den Knast." Andreja wurde hellhörig: „Hat dich jemand dazu angestiftet?"

Simon lachte laut auf: „Mir kann das Gefängnis nichts anhaben, ich esse seit Jahren nur das absolute Minimum, wenn überhaupt und ich habe Noah geliebt. Ich halte den Knast schon aus. Aber Leonore wohnt in einer Vorstadt-Siedlung, in der jeder einen wichtigen Posten hat. In Bayern. Sie kann sich einen derartigen Imageschaden nicht leisten."

Andreja verzweifelte weiterhin am Motiv: „Aber warum sollte Frau Hillerich ihren eigenen Enkel umbringen lassen?" In Gedanken ging sie ihre eigene Familie durch und fand ein paar schwarze Schafe, in dessen Reihe sie sich selbst einordnete, doch selbst der schlimmste Patzer im Lebenslauf rechtfertigte keinen Mord. Und dann gab Connor selbst den passenden Hinweis:

„Leonore hatte Angst um ihr Sauber-Image in der Nachbarschaft. Noah hatte es mit seinem Outing schon einmal befleckt, einen weiteren Skandal konnte sie nicht ertragen."

Simon nickte stumm und setzte sich wieder. Aus einer Schublade seines Schreibtisches holte er eine Anmeldebestätigung hervor, dessen schwarze Buchstaben sich von einem golden verzierten Rand abhoben:

„Als Gegenleistung hat sie mir die Ausbildung bei Equiano Intensio ermöglicht. Das Seminar für ‚Ganzheitliche Selbterkenntnis' kostet 3900 Euro für alle drei Module. Das hätte ich mir selbst als Student mit zwei Jobs nicht ohne weiteres leisten können."

Er gab das Schriftstück an Andreja weiter, an der die Überweisungsquittung hing, auf der eindeutig Frau Hillerichs Namen stand. War ein Menschenleben tatsächlich nicht mehr als viertausend Euro wert?

Und konnte sich Liebe so schnell in Hass verwandeln, der einen dazu bringt, sogar einen unschuldigen Hund abzustechen? Connor schien ähnlich zu denken, denn er griff direkt nach seine Handschellen.

Anscheinend hatte er genug gehört: „Aufgrund ihres mündliches Geständnisses verhaften wir Sie wegen des Mordes an Noah Hillerich und Sylar. Alles, was sie ab jetzt sagen, kann gerichtlich gegen Sie verwendet werden. Ein Anwalt steht Ihnen zu; Sie können diesen gerne von der Inspektion aus kontaktieren.

Andreja graute es bereits davor, diese kalt berechnende Großmutter noch einmal zu besuchen. Würde diese auch so einfach einlenken? Sie glaubte nicht daran.

Als sie hinausgingen, knurrte ihr Magen

und sie fragte sich, ob die Möglichkeit bestand, nach dieser Farce einen Happen zu Mittag zu essen. Sie hatte vom indischen Restaurant „Maharaja" gehört, welches einen guten Ruf besaß.

Sie wollte jedenfalls nicht anfangen, sich nur von Licht zu ernähren.

In Gedanken schon Samstag

Während Barry versuchte, dem Film zu folgen, pingte sein Smartphone gleich dreimal hintereinander. Es lag schon extra einen Raum weiter, im Schlafzimmer und sollte sich aufladen. Neue Energie für den Samstag generieren. Während Blake Lively schon wieder nackt durchs Bild hüpfte, sammelte Barry gleichfalls neue Kräfte. Aber das Gepiepe seines Handys zerrte an seinem Geduldsfaden.

Er versuchte sein Möglichstes, die Gedanken von der Arbeit zu lösen. Es war sein gutes Recht, den Feierabend zu genießen und die wenige Freizeit, die er besaß zu nutzen. Sein Verstand wollte diese Tatsache partout nicht einsehen. „Vielleicht stehen die komplett in der Scheiße und brauchen meine Hilfe" - diese Hypothese drehte sich wie eine bösartige Spirale in seinem Gehirn.

Gerade hatte die hübsche Schauspielerin

erkannt, dass ihr Film-Ehemann sie hinterging, als Barry beim vierten Ping der Kragen platze.

Wütend drückte er die Stopp-Taste, verließ das Wohnzimmer und schnappte sich mit gekräuselter Stirn das Smartphone. Die ersten drei Nachrichten waren tatsächlich von einem seiner Chefs – aber sie betrafen ihn nicht. „Sie sollten dringend einen Filter für Whatsapp-Gruppen erfinden, die mich aus dieser Scheiße heraushalten", dachte er und ärgerte sich noch zusätzlich, dass sein Handy noch nicht annähernd voll aufgeladen war.

Doch als er die vierte Message las, setzte kurzzeitig sein Atem aus. Die war von Cade und nicht nur die Tatsache, dass er ihm überhaupt schrieb, war neu. Der Inhalt brachte Berry kurzweilig ins Schwanken: „Du müsstest doch schon zu Hause sein. Wenn du nichts dagegen hast, würde ich gleich gerne vorbei kommen." Immerhin dachte er nun überhaupt nicht mehr an die Arbeit.

Stattdessen machte sich Panik in seinem Kopf breit. Beim Blick auf die Uhr wägte Barry ab, ob er sich dieses Abenteuer leisten konnte. Es war erst kurz nach acht, es blieben noch zwölf Stunden, bis er wieder zur Arbeit gehen musste. War es überhaupt aufgeräumt genug, um einen Mann zu empfangen? Ein weitläufiger Blick gab ein klares Go, aber seine Selbstzweifel hakten sich ein: „Meinst du wirklich, dass das eine gute Idee ist? Ihr seid Freunde und das funktioniert gut. Meinst du wirklich, du kannst die Finger von Cade lassen?"

Seufzend nahm Barry sein halb aufgeladenes Handy mit hinüber zum Schreibtisch und ließ den Film weiterlaufen. Blake agierte weiterhin komplett irrational, trotzdem brachte es sie weiter. Ihm fiel die Serie ein, die sie bekannt gemacht hatte. Gossip Girl. Und damit tauchte auch die ultimative Frage auf, die es zu beantworten galt: „Was würde Blair Waldorf tun?"

Barry strich sich durch den dunkeln Vollbart und grinste dann zufrieden: „Sie würde sagen: Scheiß drauf! Let's do it!"

Für sie gab es kein Risiko, nur Konsequenzen. Und die ließen sich immer irgendwie lösen. Barry schnappte sich sein Handy und tippte selbstsicher ein: „Erscheinen reicht. Kommen ist optional." Er fügte noch einen erhobenen Daumen hinzu und merkte, wie sich beim Abschicken der Nachricht sein Puls beschleunigte.

Es dauerte nur wenige Sekunden, bis es erneut plingte: „Dann erscheine ich gleich erstmal. Und lasse mir die Option offen." Dahinter befand sich ein Zwinker-Smiley. Barrys Mund fühlte sich auf einmal sehr trocken an. Sein Blick fiel auf die Minibar, die er sich eingerichtet hatte.

Etwas mit Rum wäre jetzt angebracht, um seine Nerven zu beruhigen. Limette, Cola und Captain Morgan mixte er zu einem Cuba libre, als Barry beim ersten Schluck realisierte, dass er immer noch nackt war. Nach einer Neun-Stunden-Schicht duschte er grundsätzlich und wenn er dann nicht mehr heraus musste, verzichtete er darauf, sich wieder anzuziehen. Normalerweise kam ja auch keiner mehr vorbei. Doch heute Abend war das anders und er musste nun schnell improvisieren, denn Cade wohnte nicht so weit entfernt. Es würde nur noch Minuten dauern, bevor dieser mehr als hübsche Mann vor seiner Tür stehen würde.

Barry schloss kurz die Augen und atmete tief ein und aus. Auf keinen Fall durfte er in Panik geraten. Sein Kumpel kannte ihn als souveränen selbstsicheren Typen, der wusste, was er wollte.

Der Kleiderschrank würde helfen. Die geöffneten Türen gaben Unmengen an Möglichkeiten preis und zerstörten die Hoffnung auf Unterstützung sofort. Und dann dachte er wieder an Blake: „Be as sexy as you can be!"

Als wäre eine Lampe über ihn angegangen, bekam Barry eine passende Idee. Er rief Cades PlanetRomeo-Profil auf und überschlug dessen Präferenzen: Boxershorts,

Jeans, Sneakers. Seinen Hang zu Männern mit Bart hatte Barry schon vor Monaten erledigt – nur zu gerne fasste Cade in seinen dichten Flaum und schwärmte von dessen Weichheit. Sein Ordnungswahn kam ihm zugute. Schnell hatte er eine weiße Shorts gefunden, dazu eine Jeans, die sehr eng saß, gleichzeitig aber von Löchern übersät war. Ein Paar weiße Sneakers komplettierten den Look mit einem weißen Shirt, dass nicht nur eng saß, sondern fast durchsichtig wirkte.

Barry kannte den Altersunterschied – er konnte es sich nicht leisten, einen Fehler zu begehen. Ihm war klar, dass daraus nichts Festes werden konnte, aber wie Demi Lovato schon gesungen hatte, war er durchaus bereit, seine Freundschaft für Sex zu ruinieren. Stolz konnte er darauf nicht sein und er bereute fast schon, sich auf diese Geschichte eingelassen zu haben. Als Barry sich im Spiegel betrachtete, dachte er darüber nach, ob er nicht völlig überreagiert hatte.

Und wenn Cade seinen Witz als solchen verstanden hatte und etwas ganz anderes wollte? Vielleicht brauchte er einfach nur eine Auszeit von seiner Familie oder hatte Bock auf eine Runde Skip-Bo. In dem Fall hätte sich Barry diesen ganzen Aufwand sparen können. Sollte er noch Wein kaltstellen? Blödsinn, Cade hasste den Geschmack von vergorenen Trauben. „Jetzt reiß dich mal zusammen!", musste sich Barry zurufen. Als es auch schon an der Tür klingelte.

Seine Wohnungstür hatte ein Fenster und die Person auf der anderen Seite verpasste ihm eine Gänsehaut. Barry fiel der Titel des Films wieder ein: „All I see is you" - wie passend! Etwas zu schnell riss er die Tür auf und plötzlich gab es für diese Männer keine Trennung mehr. „Immerhin bin ich schon mal erschienen. Über den Rest müssen wir jetzt mal verhandeln." Mit diesen Worten übertrat Cade die Schwelle und ging instinktiv aufs Wohnzimmer zu. Barry spürte, wie seine Knie zitterten, als er seinem Kumpel folgte. Was machte er sich hier vor? Kumpel? Wenn diese vorbeikamen, gab er keine Schweißausbrüche, tanzten die Schmetterlinge keine Samba in seinem Bauch, gab es keine zusätzlichen Endorphin-Ausschüttungen. Nur bei Cade. Aber konnte es anders sein? Die Person auf seinem Sofa war der Inbegriff der Erotik: glattrasierte Kopfhaut, intelligente grüne Augen, rötlicher Ziegenbart und eine Figur, die der Weingott Bacchus mehr als gefeiert hätte.

„Magst du was trinken? Du kannst auch gerne hier schlafen", kam Barry etwas zu leicht über die Lippen.

Cade schaute Barry belustigt an, als wenn dieser sofort begriffen hätte, worauf sein Kumpel hinauswollte: „Wir scheinen uns ja einig zu sein. Ich brauche was mit Rum. Und ja, ich habe meine Zahnbürste dabei."

Als Barry zur Minibar ging, spürte er, wie sich Cade hinter ihm erhob:

„Du siehst übrigens mega scharf aus. Dein Outfit ist sensationell geil." In Gedanken applaudierte Barry sich selbst. Er hatte zwar alles auf eine Karte gesetzt, aber das Blatt schien sich für ihn auszuspielen. Er wollte sich einfach nur hingeben. Wollte seinen Körper unter Cades heftigen Stößen spüren. Darauf bauend, dass die dauerhafte Stimulation ihn den kommenden Samstag komplett vergessen ließe.

„Cuba libre ist doch okay, oder?", fragte Barry ganz unschuldig und als er die Limettenspalte in das Longdrinkglas fallen ließ, spürte er bereits Cades Atem auf seinem Hals. „Mehr als okay", sagte dieser direkt hinter ihm und Barry wagte es nicht einmal, dass Glas hochzuheben, aus Angst, sein Erzittern würde es sofort zu Fall bringen.

Einer seiner sehnlichsten Wünsche konnte sich nun endlich Realität werden und gleichzeitig schrie Barrys Verstand: „Stopp das Ganze! Wenn du jetzt enttäuscht wirst, wird es nie wieder so sein wie vorher." Direkt danach gab seine Lendengegend eine gegenteilige Message: „Jetzt aufhören? Hast du gesehen, wie hart dein Rohr ist? Das ist genau das, was du jetzt brauchst!" Als Cade die Hände auf seinem Körper schweifen ließ, verlor er jegliche Kontrolle.

Blitzschnell drehte Barry sich herum und ohne weiteres Zögern küsste er seinen Kumpel. Gierig sog er sich an dessen fleischigen Lippen fest, nur allzu gerne öffnete Cade den Mund, um das Zungenspiel zu eröffnen.

Es fühlte sich so unglaublich gut an! Ohne weiterer Instruktionen zerrte Barry sein Objekt der Begierde ins Schlafzimmer. „In meiner Fantasie sah dein Reich der Lust ganz anders aus", sagte Cade mit einem Zwinkern in den Augen.

Nur ungern hielt Barry inne, konnte es sich trotzdem nicht verkneifen, Cades Shirt auszuziehen. „Sag bloß, du hast von mir geträumt?" Er hoffte, mir diesem ungläubigen Tonfall darüber hinweg zu spielen, dass er sich diesen Moment schon viele Male vorgestellt hatte. Cade hatte mittlerweile Barrys Jeans aufgeknöpft und zog diese direkt mit der Shorts herunter. Beeindruckt ließ er seine Hände die neue Zone erkunden.

„Echt jetzt? Hiervon träume ich, seit ich das erste Mal das Gleichart-Café betreten habe." Cade brauchte nur eine Sekunde, um sich selbst der weiteren Klamotten zu befreien und Barry aufs Bett zu werfen. Es fühlte sich so unglaublich gut an, Haut an Haut zu spüren. Zu gerne hätte sich Barry komplett hingegeben, aber diese gerade gehörte Aussage kostete ihm fast die Erektion.

Obwohl die vielen Küsse seine Haut vibrieren ließ, brachte Barry noch abgehackte Worte hervor: „Das… ist… ein… Jahr… her..." Inzwischen lagen beide aufeinander und die Kombination aus Reibung und Berührungen brachte beide in höhere Sphären. Während das Stöhnen lauter wurde, brachte Cade noch eine schwache Entschuldigung hervor: „Ich war schüchtern und habe mich nicht getraut."

Barry drehte sich spontan herum: „Aber jetzt willst du es endlich wissen. Das wird ja auch mal Zeit. Und jetzt fick mich endlich!" Aufgrund des Online-Profils wusste er, dass Cade besser ausgestattet war als er. Und vorhin hatte er sehr wohl gesehen, dass er im Internet nicht gemogelt hatte. Es gab durchaus einen Unterschied zwischen L und XL. In dem Fall lagen dazwischen sechs Zentimeter.

In einem Bruchteil von Sekunden hatte sich Barry auf den Bauch gedreht und präsentierte seinen wohl trainierten Knackpo, dessen Innenseite bereits nass genug war, um ein großes Kaliber in sich aufzunehmen. Cade wollte aber anscheinend nichts dem Zufall überlassen – als sich dessen Zunge dieser empfindlichen Stelle näherte, drangen aus Barrys Mund nur noch stöhnende Geräusche.

Er hatte die Situation falsch eingeschätzt. Sein Fehler lag darin, den Faktor Ablenkung zu unterschätzen. Als sich Cades großer Schwanz in seine Eingeweide bohrte, drehte sich Barrys Welt nur noch um die Gefühle der Lust. Mit jedem weiteren Stoß fühlte sich der kommende Samstag noch weiter weg als zuvor. Und wenn Barry in der Lage war, die ganze Schaftlänge in sich aufzunehmen, würde das bevorstehende Wochenende ein Klacks werden.

Gay Tuesday

Pilot - Episode 1

Als die morgendlichen Sonnenstrahlen Darrin Tuesdays Traumwelt auflösten, wusste er, dass sich dringend etwas ändern musste.

Er streckte seine noch müden Glieder und stieß dabei mit der linken Hand an den rechten Ellenbogen seiner Freundin Theresa. Zu seiner Erleichterung knurrte sie nur kurz und drehte sich zur anderen Seite herum.

Auf keinen Fall wollte er sie frühzeitig wecken. Ihr anstrengendes Gezicke konnte er vor acht Uhr morgens schlecht ertragen. Vielleicht würde er sie mit seiner Offenbarung heute zum ersten Mal in vier Jahren sprachlos machen. Doch dann schüttelte er zweifelnd den Kopf, seufzte kurz und warf seinen Teil der Bettdecke nach hinten.

Als er an sich hinunter blickte, bemerkte

er die letzten Nachwirkungen seines intensiven Traumes. Die hellblaue Retropants wölbte sich verdächtig und er war dankbar, dass er ungestört unter die Dusche springen konnte. Theresa hätte nur wieder Sex haben wollen.

Diese beziehungstechnische Verpflichtung wurde für ihn immer mehr zum gehassten Kraftakt. Es war ihm egal, dass sie wunderschön und sexy war, dass es tausende Männer gab, die sofort seinen Platz einnehmen würden und er neidische Hassbriefe bekam, weil er sie angeblich nicht verdient hätte.

Sie hatte sich in ihn verliebt und so lange gebettelt und gebaggert, bis er einfach nachgeben musste. Während er unter der Dusche stand und das heiße Nass an seinem gestählten Körper hinunterlief, dachte er über die letzten Jahre nach. Sie hatten auch gute Zeiten gehabt, das würde er niemals abstreiten wollen.

Doch er konnte diese Fassade, in der sie gelandet waren, nicht mehr ertragen. Das ewig attraktive Lächeln des Vorzeige-Pärchens auf dem roten Teppich, die vielen gemeinsamen Engagements, trotz komplett anderer Lebensweisen und Ansichten.

Das Topmodel und der Schauspieler – sie waren der Inbegriff des Hollywood-Klischees. In dieser Hinsicht hatte er längst aufgehört, die Boulevard-Magazine durchzublättern. Von dem, was diese Redakteure schrieben, stimmte selten mehr als zehn Prozent, wenn überhaupt.

Interessanterweise waren diese Schlauberger auf die eigentliche Wahrheit nicht gekommen, was ihn innerlich amüsierte. Zwei Golden Globes und eine Oscar-Nominierung konnten sein schau-spielerisches Talent nur in Ansätzen beschreiben. Niemand ahnte auch nur das Geringste.

Deswegen musste er heute handeln. Er würde dieses falsche Spiel nicht weiter mit-spielen. Entschieden und selbstbewusst verließ er das Badezimmer, nur mit einem weißen Handtuch um die Hüften und ging zum

Ankleidezimmer, welches einen Raum hinter dem Schlafzimmer lag.

Bevor sie hier eingezogen waren, hätte man daraus ein Hauskino machen können, nun waren diese vier Wände dermaßen vollgestopft mit Klamotten, dass selbst Darrin nur mit eingezogenem Bauch durch die Unmengen an Regale vorbeikam.

Und es war gar nicht so einfach, einen derart durchtrainierten Waschbrettbauch einzuziehen. Er wählte spontan eine Vintage-Jeans von Dsquared2, ein schwarzes Hemd von Yves Saint Laurent und ein paar schwarzer Gucci-Sandaletten.

Er hatte kein schlechtes Gewissen, sich nur in Marken-Kleidung zu hüllen. Sein Arbeitsalltag war hart und die Opfer, die er zuvor bringen musste, um so weit zu kommen, wurden damit nicht annähernd abgedeckt. Als Darrin den Gürtel von Dolce & Gabbana schloss, dachte er an seine ersten Castings zurück, als er tatsächlich noch blutjung war.

Er wurde mit Komplimenten überhäuft, wie

wunderhübsch er doch sei und wie gerne ihn alle fotografieren wollten. Dass er sich dabei ausziehen sollte, kam erst während des Shootings heraus. Und am Ende gab es immer einen wasserdichten Vertrag, der einen dazu zwang, unter allen Umständen niemals jemanden davon zu erzählen.

Dann war einem die Rolle sicher. Darrin hatte diesen Preis gezahlt und gleichzeitig konnte er vor der Kamera sein volles Potential entfalten, sodass er mit der Zeit an dem Punkt kam, dass er auf diese faulen Kompromisse verzichten konnte. Nun ging er auf die 30 zu, auch wenn sein Spiegelbild ihn davon überzeugen wollte, immer noch um die 20 zu sein. Zufrieden mit sich ging er hinunter zur Küche. Obwohl die Dusche seine Lebens-geister geweckt hatte, brauchte sein Gehirn dennoch eine gewisse Menge an Koffein. Er hörte die Haushaltshilfe dort kräftig rumoren und er freute sich ehrlich auf Serraphina. Sie mochte eine alternde portugiesische Jungfer sein, aber ihre

Arbeitsmoral konnte mit Geld nicht annähernd bezahlt werden.

Als Darrin die Tür öffnete, wurde er von ihr begrüßt, als wenn ihr eigener Sohn erschienen wäre: „Guten Morgen, mein Goldstück! Hast du gut geschlafen? Der Kaffee ist frisch gebrüht." Sie kannte seine Bedürfnisse in und auswendig. Ihr konnte er auch nichts vormachen.

Serraphina erschien vor zwei Jahren an der Haustür und überzeugte mit ihrer Art sowohl Theresa als auch Darrin.

Doch sie entschied sich schnell, wer ihr Favorit im Haus war und dementsprechend blieb ihr offenes Ohr dem Mann im Hause vorenthalten. Die alleinstehende Dame mit den südländischen Wurzeln wusste von Darrins Vorliebe. Er hatte es ihr nicht einmal erzählen müssen. Es gab einen Abend, drei Wochen nach ihrer Anstellung, an dem Serraphina Darrin zur Seite nahm und ihn darauf ansprach:

„Du weißt doch selbst, dass diese Beziehung mit Theresa nur Show ist. Wie lange willst du dieses Blendwerk noch aufrecht erhalten?"

Wow, zwei Jahre ist das her. Als Darrin sich den frisch gebrühten Arabica in seine brombeerfarbene Lieblingstasse goss, spürte er die tadelnden Blicke seiner Haushälterin auf der Haut.

„Ja, Serra, heute werde ich es tun." Er nannte nur den ersten Teil ihres Namens, denn gezwungene Höflichkeit herrschte zwischen ihnen nicht und wenn sie gewusst hätte, dass sie ihm weit mehr bedeutete als seine eigene Mutter, wären ihr wahrscheinlich Tränen in die Augen gestiegen. Stattdessen lächelte sie und nickte ihm wohlwollend zu: „Es wird aber auch Zeit."

Er nahm einen Schluck des inspirierenden Luxusgutes - der Geschmack bedeckte seinen kompletten Gaumen und er konnte ein leichtes Stöhnen nicht unterdrücken. Er senkte mit schlechtem Gewissen den Blick und sagte leise: „Ich weiß." Und als wenn er sich noch weiter rechtfertigen wollte, ging er einen Schritt auf sie zu und flüsterte leise: „Haben sie keine Angst. Ich habe das Haus bezahlt. Wir beide fliegen nicht aus dieser Residenz."

Sein Blick ging unbewusst zur Treppe. Als hätte er es geahnt, kam Theresa de la Renta catwalkmäßig die vielen Stufen hinunter. Sie hatte ein champagnerfarbenes Cocktailkleid gewählt, dass zu dieser Uhrzeit nicht nur unpassend wirkte, sondern als Aufmachung viel zu mondän daherkam. Wären im Haus tausende Kameras wie bei den Kardashians gewesen, hätte es taktisch sinnvoll sein können, aber so wirkte es einfach nur albern.

Natürlich wusste sie, dass er sich in der Küche befand und daher schwebte sie elfengleich hinein: „Guten Morgen, Darling. Hast du gut geschlafen?" Sie begrüßte Darrin mit Küsschen links, Küsschen rechts.

Er hasste das abgrundtief. Komplett unpersönlich. Sie wahrte einfach ihre höflichen Grundregeln ohne einen Hauch

Emotionen zeigen zu müssen. Sie ging an ihm vorbei und griff sich ihrerseits eine Tasse Kaffee, in die sie zusätzlich eine Menge Milch schüttete, sodass vom eigentlich hochwertigen Kaffee-Geschmack nichts mehr übrig sein konnte.

„Haben Sie gut geschlafen, Miss?", fragte Serraphina ihrerseits höflich, um die eisige Stimmung zu durchbrechen. Sie erntete dafür ein strahlendes Lächeln, das selbst Polarkappen schmelzen ließ: „Danke, ja. Nur war die Nacht viel zu kurz." Mit einem laszivem Blick strich sie Darrin über die Schultern. Dieser zog sie angewidert zurück.

„Lass uns ins Wohnzimmer gehen. Wir sollten miteinander reden." Theresa nickte nur irritiert und stöckelte auf ihren champagnerfarbenen Louboutins mit der roten Sohle voran. Das Wohnzimmer wirkte mehr wie ein überdimensionierter Clubraum. Mannshohe Bücherregale zierten eine viele Meter lange Wand, vor einem exklusiven Karmin lag ein weißer Flokati, ein professioneller Billardtisch thronte in der Mitte, während verschiedene Sitzecken dekorativ darum herum platziert waren.

Theresa wählte von sich aus eine Chaiselongue aus altem braunen Büffelleder. Sie drapierte sich stilvoll, als wartete sie nur darauf, dass Paparazzi aus den Ecken hervorspringen würden, um sie zu fotografieren. Darrin setzte sich in einen dazu passenden Sessel und stellte seine Kaffeetasse aus dem kleinen gläsernen Couchtisch ab. Gefühlvoll strich er über das weiche Leder und spürte, dass sein Herz schneller pochte.

„Worüber möchtest du denn mit mir sprechen?", fragte sie freundlich, doch er hörte ihre Ungeduld bereits heraus. Es fiel ihr immer schon schwer, den Moment zu genießen. Sie brauchte eine zeitliche Begrenzung, damit sie sich bereits mit der nächsten Aktion auseinander setzen konnte.

„Über die Wahrheit. Es wird Zeit, sie auszusprechen. Auch öffentlich." Theresa kräuselte leicht die Stirn – nur nicht zu viel, das gab Falten: „Welche Wahrheit meinst du?" Sie stellte sich unwissend. Das konnte Darrin nur Recht sein, denn so konnte er direkt mit der Tür ins Haus fallen:

„Unsere Beziehung ist vorbei. Ich habe keine Lust mehr, den Mann an deiner Seite zu spielen." Mit einem schnellen Ruck setzte sie sich gerade hin: „Was meinst du damit? Du brauchst das nicht zu spielen. Sei einfach da."

Er kicherte leise und schlug die Beine übereinander: „Genau da liegst du falsch, meine Liebe. Tatsächlich spiele ich schon seit geraumer Zeit den Vorzeige-Freund für dich, ohne, dass du meine Veränderungen wahrgenommen hast."

Sie nippte hastig an ihrem Kaffee und verbrannte sich dadurch die Zunge: „Was denn für Veränderungen? Du bist einer der verlässlichsten und konstantesten Menschen in meinem Leben. Wieso strebst du auf einmal nach Veränderungen?" Sie wirkte schockierter, als er vermutet hatte. Es

teil-weise

schmeichelte ihm, dass er ihr nicht völlig egal war.

„Ich hege neuerdings Gefühle für jemand anderen und wenn ich diese Person für mich gewinnen will, dann muss ich meinen alten Ballast abwerfen und neu anfangen." Nun schnaubte sie verächtlich: „Hast du mich gerade als 'alten Ballast' bezeichnet? Hast du dich am Filmset in eine Kollegin verknallt? Du weißt doch genau, das so etwas nicht lange hält."

Darrin stand auf und lief auf die multifunktionale Stereoanlage zu: „Wir haben uns bei den MTV Europe Music Awards kennengelernt." Während er zur Fernbedienung griff, stöhnte sie genervt auf: „Eine Sängerin? Das Musik-Business ist noch windiger als unsere Branchen. Tu dir das bitte nicht an. Am Ende kommst du wieder bei mir angekrochen und glaube nicht, dass ich dich so einfach zurücknehme."

Er wählte routiniert einen Track aus und schon erklang aus mehreren Lautsprechern der schwere Beat eines modernen Schlagers. Schon bei der ersten gesungenen Zeile bekam Darrin eine Gänsehaut; in seinem Kopf flirrten viele Bilder herum. Als er zu Theresa blickte, erkannte er, dass sie überhaupt nicht verstand, warum er das Lied angemacht hatte.

„Ich komme nicht zu dir zurück. Zu ihm will ich gehören. Justin Donovan. Sein Herz will ich erobern."

Seine mittlerweile Exfreundin stand auf und ging zu ihm. Sie umarmte ihn und er ließ es zu. Tränen liefen ihr über die Wangen. Leise flüsterte sie in sein Ohr: „Ich wusste, der Tag würde kommen. Aber ich hatte gehofft, noch etwas länger an deiner Seite sein zu dürfen."

Das Leben des Duke Colon – in Bitlife

Ich verdanke mein Leben einem Campingtrip. Meine Eltern Marcos und Venus hatten bereits einen Sohn namens Grayson, der sich zu Weihnachten unbedingt ein Geschwisterchen wünschte. Während beide arbeiteten, sahen sie sich nicht regelmäßig, weil mein Dad als Trucker durch Amerika reiste, während meine Mom als Police Officer dafür sorgte, dass die Stadt New York sicher blieb.

Bereits ein Jahr später bekam meine Mutter einen weiteren Sohn und wenn ich heute an diese Zeit zurückdenke, bin ich sehr froh über meinen Vornamen. Mein Vater war ein großer Wrestling-Fan und bestand darauf, seinen Jüngsten nach seinem Idol zu benennen: D'Brickashaw. Weil wir Kinder das nicht einmal aussprechen konnten, einigten wir uns darauf, ihn im Alltag Shawn zu nennen.

Mit drei Jahren erfand ich einen unsichtbaren Freund für mich, weil mein großer Bruder sich weigerte, mit mir zu spielen und der andere noch zu klein war.

Dawson war in meiner Fantasie zwei Meter groß, super stark und besaß einen feinen Humor, der mich immer zum Lachen brachte. Meine Eltern waren nicht davon begeistert, dass ich so viel Zeit mit Dawson verbrachte und dementsprechend wenig spielte ich mit anderen Kindern. Eine Sache, die ich im Nachhinein ein wenig bereue.

Als ich fünf war, entdeckte ich durch Zufall das Weihnachtsmann-Kostüm meines Vaters. Schlagartig wurde mir klar, dass es ihn in Wirklichkeit nicht gibt und für mich brach eine Welt zusammen. Meine Mutter redete mit Engelszungen auf mich ein, es meinen Brüdern nicht zu verraten. Für mein Stillschweigen erkämpfte ich mir einen Kinobesuch. Ein Jahr später begann mein Schulleben.

Das Verhältnis zu meinem älteren Bruder wurde besser. Er bekam die Möglichkeit, für mich in die Bresche zu springen, was

teil-weise

seinem Selbstbewusstsein zugute kam. Für mich war das praktisch, denn so brauchte ich mir um die größeren Kids keine Sorgen machen. Selbst, als ich in meinem neugierigen Leichtsinn ein Bondage-Seil meiner Eltern in gleich lange Stücke schnitt, nahm er die Schuld auf sich.

Während sich meine Mutter mittlerweile zum Inspektor hochgearbeitet hatte, nahm sich Dad mehr Zeit für uns und reduzierte seine Fahrten, sodass er uns beim Lernen helfen konnte.

Mit zehn Jahren bekam ich Mumps und die Möglichkeit, ein Mädchen namens Thalia Durant zu küssen. Ich befragte Dawson, was ich machen sollte und er riet mir, schnellstmöglich wegzurennen. Was ich dann auch tat. Ich ließ ein trauriges Wesen irritiert zurück. Ich brauchte noch zwei Jahre, bis ich begriff, dass ich meinen unsichtbaren Freund nicht mehr brauchte. Der Zugang zur Bibliothek ließ mich in einem Berg von Büchern versinken, die mich vergessen machten, dass es diese hochgewachsene Kreatur überhaupt gab.

Mit dem Beginn der Pubertät besorgte ich mir entsprechende Literatur und begriff sehr schnell, dass ich nicht, wie mein Bruder Grayson nur auf Frauen stand. Mir gefielen beide Geschlechter, allerdings behielt ich diese Erkenntnis vorerst für mich. Als mein Bruder zur High School wechselte, kam die Zeit, in der ich in seine Fußstapfen treten durfte und Shawn beschützen konnte.

Mit fünfzehn Jahren lernte ich in der Science-Fiction-Abteilung der Bibliothek ein Mädel namens Tiana Ortiz kennen. Sie war so alt wie ich, ging in die Parallelklasse, weshalb ich sie bisher nicht weiter beachtet hatte. Dann entdeckten wir unsere Leidenschaft für die Zukunft in der Literatur und schon sah alles ganz anders aus. Sie führte mich auch in die Welt des Social media ein, kreierte mir einen Instagram-Account und wir verbrachten viele Stunden unserer Freizeit damit, uns gegenseitig im besten

Licht stehen zu lassen.

Nach einer Party mit Freunden wurden wir etwas übermütig. Eins führte zum anderen und bevor wir uns versahen, wurde Tianas Schwangerschafts-Test blau. Wir waren siebzehn und eigentlich noch nicht bereit, eine Familie zu gründen, doch nach vielen Gesprächen mit unseren Familien be-schlossen wir trotzdem, das Baby zu behalten.

Obwohl mein Pflichtbewusstsein mir sagte, dass ich mir mit dem Ende einen Job suchen sollte, um meine kleine Familie ernähren zu können, bestanden meine Eltern darauf, trotzdem zum College zu gehen, um eine bessere Ausbildung zu erhalten. Wir nannten unseren süßen Sohn nach unserer Lieblings-Comicfigur: Flash.

Ihre Fähigkeiten im Bereich Social Media brachten Tiana einen Job als Kamerafrau für einen Influencer ein.

Mein Bruder Grayson bekam einen Job bei einem arabischen Reise-Unternehmen und zog recht spontan nach Abu Dhabi. Ich entdeckte derweil das Nachtleben. Der Club „The Radiance" wurde meine Zuflucht, wenn ich kein Babygeschrei mehr ertragen konnte und der Druck des Studierens übermächtig wurde.

Als mein Kumpel Andre Chatman mir anbot, mit ihm eine Flasche Scotch leer zu machen, endete der Abend in einem Desaster. Mit besoffenem Kopf ging ich ihm an die Wäsche, er ging darauf ein und obwohl wir Spaß hatten, hätte ich von seinem besten Stück keine Fotos machen sollen. Denn durch einen blöden Zufall entdeckte Tiana diese und machte mir eine schlimme Szene, in der ich ihr meine Bisexualität beichtete und ich ihr versicherte, dass das Ausleben meines Triebes nichts mit meiner Liebe zu ihr zu tun hatte.

Um ihr zu zeigen, wie ernst ich es mit ihr meinte, machte ich ihr einen Heirats-antrag, den sie unter Tränen annahm. Allerdings besaßen wir kein Geld, um direkt heiraten zu können. Wir wollten auch nichts unterstützen, schließlich waren wir gerade erst zwanzig Jahre alt geworden. Zum Glück bestand ich meine Examensprüfung im Bereich Informatik und bekam direkt eine Stelle als IT-Support bei einer renommierten Bank.

Fünf Jahre arbeitete ich dort und ihrem Drängen, die Hochzeit endlich in Angriff zu nehmen, konnte ich immer weniger entgegensetzen. Ich bekam ein Angebot von einem angesagten App-Entwicker, zu seiner Firma zu wechseln und als ich zusagte, war die Wedding-Planung schon im vollen Gange. Unsere Vorfreude sorgte dann dafür, dass sich Baby Nummer zwei ankündigte.

Während mein kleiner Bruder Shawn Karriere als Pilot machte und um die Welt flog, standen bei mir wieder Windelwechseln, Koliken bekämpfen und Babybrei erwärmen auf dem Programm. Die kleine Tilda wurde aber schnell meine kleine Prinzessin und bekam, wie ihr Bruder all die Liebe, die wir geben konnten.

Und dann wollte Grayson plötzlich auch

heiraten. Wir hatten seine Auserwählte bis zu dem Zeitpunkt nicht einmal gesehen, kannten nur Fotos von Veronica, die er bei seiner Arbeit kennengelernt hatte. Aus einer fixen Idee heraus, beschlossen wir, eine Doppelhochzeit daraus zu machen und uns die Kosten zu teilen.

Die Flitterwochen sorgten dann dafür, dass sich Baby Nummer drei ankündigte. Oder besser gesagt, drei und vier, wie wir bei einem Arztbesuch feststellen durften. Während mein kleiner Bruder mittlerweile auch eine süße kleine Tochter mit seiner Freundin produziert hatte, blieb mein großer Bruder bis dahin kinderlos.

Hailey und Leya brachten noch einmal richtig viel Leben in die Bude. Meine Besuche im „Radiance" wurden leider nicht weniger. Der übermäßige Alkoholkonsum tat mir nicht gut, aber ich brauchte diesen Ausgleich zum Alltag mit dieser Schar von Kindern. Als mir ein Kollege empfahl, einfach mal bei den Anonymen Alkoholikern vorbeizuschauen, gingen bei mir die

Alarmglocken an.

Wenn es anderen auffällt, dass man sich anders verhält, man sich verändert, dann bedarf es einer Veränderung. Es war Shawn, der mich auf die richtige Idee brachte.

Ein Kumpel von ihm hatte es satt gehabt, ständig für seine Firma zu viel zu arbeiten und machte sich dann mit einem eigenen Blog selbstständig, in dem Dienstleistungen in dem entsprechenden Sektor anbot. Ich suchte mir Hilfe, wie ich das professionell aufziehen konnte, und dann lief das Ganze sehr schnell von selbst.

Jetzt konnte ich von zu Hause arbeiten und verdiente tatsächlich mehr als vorher. Doch dann traf uns ein Schicksalsschlag, der unsere Stimmung vernebelte. Tiana wurde wieder schwanger und auch wenn unser Bedarf an Kinder bereits gesättigt war, zogen wir einen Abbruch mit keiner Silbe in Betracht. Sechs Monate lief alles gut, wie bei den Malen davor auch. Und dann hörte das Herz, von einer Nacht auf die andere, auf zu schlagen. Weil sie das Kind auf die Welt bringen musste, traf es sie am schwersten. Wir waren alle untröstlich, aber Tiana stürzte seelisch in die Tiefe. Sie zog sich von uns zurück und mir fehlten die Mittel, sie richtig zu unterstützen. Auf einmal schien nichts mehr richtig zu sein.

Als dann Flash auch noch auszog, um Feuerwehrmann zu werden, veränderte sich die Situation noch mehr. Unsere Beziehung drehte sich nur noch um die Erziehung unserer Kinder, um uns selbst kümmerten wir uns kaum noch. Zwischendurch skypte ich häufig mit Grayson, der das Verhältnis zu seiner Frau ganz anders pflegte. Aber er hatte auch keine Kinder.

Als sich meine Eltern zur Ruhe setzten, wurde die Situation wieder entspannter. Bei jeder Gelegenheit boten sie an, uns die Kinder abzunehmen, auf sie aufzu-passen, damit wir endlich Zeit miteinander verbringen konnten. Ich konnte Tiana sogar dazu überreden, eine Paar-Therapie zu machen. Wir waren schockiert, wie viel wir aufzuarbeiten hatten.

Als Flash seine drei Jahre jüngere Ebony heiratete, tanzten wir wie zwei frisch Verliebte über den Saal. Neun Monate später wurde die kleine Ciara geboren und auf einmal waren wir selbst Großeltern.

Mit gerade einmal 44 Jahren ein merkwürdiges Gefühl, aber wer früh anfängt, musste damit rechnen. Während Flash mittlerweile sein Feuerwehr-Team anführte, ging Tilda in eine andere Richtung. Als Veganerin verschlug es sie auch beruflich in die Lebensmittelbranche.

Als unser Enkel Diego geboren wurde, waren unsere Kinder mittlerweile alle mindestens in der High school, sodass wir auch Zeit hatten, sich mit der nächsten Generation zu beschäftigen. Mittlerweile hatte ich Leute eingestellt, die meinen Blog führten, sodass ich nur noch die eigentlichen Dienstleistungen durchführte. Auch Hailey besaß ihren eigenen Kopf und stieg nach ihrem Abschluss in die

teil-weise

Immobilienbranche ein, während Leya beschloss erst einmal die Welt zu sehen und nur mit einem großen Rucksack bepackt loszog. Flash schien sich ebenfalls für eine große Familie entschieden zu haben, denn als ich 51 wurde, kam bei ihm Baby Nummer 3 zur Welt, die süße Audrey, ein Sonnenschein, dessen Lachen uns alle ansteckte.

Getrübt wurde das Glück, als meine Mutter unerwartet einer Blutvergiftung starb. Dad konnte damit nur schlecht umgehen, weil er damit noch nicht gerechnet hatte. Recht spontan nahm ich Tiana mit auf eine Kreuzfahrt, um den Kopf frei zu bekommen.

Wenn ich gewusst hätte, dass mein Vater genau in diesem Zeitraum meiner Mutter folgt, wäre ich nie auf die Idee gekommen. Noch heute tut es mir Leid, dass ich keine Zeit hatte, mich von ihm zu verabschieden.

Überraschenderweise waren es weder Tilda noch Hailey, die als nächstes heirateten – Leya hatte auf ihrer Reise einen Typen namens Billy Joe Cockwallace kennengelernt und ihn direkt in Las Vegas geheiratet. Tiana und ich waren etwas verstimmt, dass sie uns ausgeschlossen hatte, doch die beiden liebten sich so sehr, dass wir darüber wegsehen konnten.

Ihre Zwillingsschwester heiratete dann als nächstes einen Marine namens Brock Ross und irgendwie stürzte mich dieses stetige Entstehen von neuen Familien in eine Mitlife-Crisis.

Ich ließ mir die Falten aus dem Gesicht ziehen, gönnte mir einen Sportwagen – ich wurde zum Inbegriff eines amerikanischen Mannes Mitte fünfzig. Und einen jungen Lover namens Thomas Jimenez legte ich mir auch zu, was natürlich nicht lange geheim blieb. Den Ausrutscher in jungen Jahren hatte Tiana mir verziehen, doch bei dieser Affäre war sie nicht so gnädig.

Hier half auch keine Paar-Therapie mehr. Sie haute mir förmlich die Scheidungs-papiere um die Ohren, nahm sich einen Anwalt und zog mich finanziell so richtig ab. Eine halbe Million Dollar durfte ich abdrücken, um ihr ein hübsches Leben abzusichern. Dafür hatte ich also all die Jahre gearbeitet. War es das wert gewesen, fremdzugehen? Auf jeden Fall fühlte es sich merkwürdig an, nun mit einem Mann zusammen zu sein. Meine Kinder reagierten erstaunlich verständnisvoll. Ich hatte Jahrzehnte lang diese andere Seite von mir unterdrückt, irgendwann musste sich das Bahn brechen.

Bei der Taufe von Leyas erstem Sohn Warren war ich alleine, weil sich Tiana weigerte, mit mir in einem Raum zu sein, was ich nicht sehr erwachsen fand. Dafür verzichtete ich auf meine Anwesenheit an Weihnachten, damit sie in dem Fall dabei sein konnte. Ich nutzte die Zeit, um mir das Fett absaugen zu lassen und obwohl ich langsam auf die sechzig zuging, konnte ich mich mehr als sehen lassen.

Im Jahr, als ich nullte, heiratete endlich auch endlich Tilda, einen vierzig-jährigen Police-Officer namens Miguel Houston.

Meine Enkelin schrieb mit neunzehn Jahren ein Buch, dass als eBook zum Bestseller wurde. Und Thomas verließ mich für einen Typen, der mein Enkel hätte sein können. Doch ich riss mich zusammen und blieb erst einmal alleine, gönnte mir hin und wieder meinen Spaß und ließ mich treiben.

Tilda schenkte mir mit Emily eine weitere Enkelin und Ciara brannte mit einen gerade volljährigen Youtuber namens Packard Andrews durch. Und dann der nächste Schicksalsschlag. Im selben Jahr, in dem Grayson sich verdient zur Ruhe setzte, starb Shawn bei einer Dinnerparty. Er verschluckte sich an einer Olive, doch die umstehenden Gäste ergriffen zu spät die Initiative. Der Arzt konnte nur noch seinen Tod feststellen.

Mit meiner Trauer flog ich nach Jamaika und zog mit am heißen Sandstrand einen Bong nach dem nächsten rein. Irgendwie gefiel mir das warme Wetter und ich hatte gar keine Lust mehr, in die Metropole New York zurückzukehren. Allerdings wurde ich der Insel auch überdrüssig und so zog ich in einer Art Übersprungshandlung nach Panama.

Ich verkaufte meinen IT-Blog an meinen Geschäftsführer und baute mir eine neue Website auf, mit der ich Senioren dabei half, auch im Alter Spaß am Leben zu behalten. Und dann der Anruf von Flash – Grayson litt an Meningitis. Auch hier hatte ich keine Chance mehr, mich zu verabschieden. Zwei Stunden, bevor mein Flug in die USA startete, bekam ich die Nachricht seines Ablebens.

Doch anstatt in ein emotionales Loch zu fallen, stürzte ich mich lieber in meine neue Arbeit, bei der ich Deyka Sitton kennenlernte.

Mit achtzig noch jemand Neues kennenzulernen, ist schon unwahrscheinlich genug. Dabei auch noch so etwas wie Liebe wiederzufinden, ist schon fast ein Wunder. Doch so war es. Ihr hatte vor ihrem Ruhestand ein eigenes Restaurant hier in Panama gehört. Sie war kinderlos geblieben, dafür sehr viel von der Welt gesehen.

Ich hatte aufgegeben, die wechselnden Beziehungen meiner Enkelkinder zu verfolgen und konzentrierte mich lieber auf die bereichernden Gespräche mit Deyka in der Sonne. So vergingen die Jahre fern meiner Heimat.

Wir dachten manches Mal darüber nach, in die Staaten zurückzukehren, um der Familie näher zu sein, doch die Ruhe und Wärme dieser Gegend ließ uns diese Idee immer wieder verwerfen.

Eines Morgens, wachte ich aufgrund eines Albtraums auf. Wirres Zeug hatte meinen Puls hochschnellen lassen und mir Schweiß auf die Stirn getrieben. Mit einem Ruck setzte ich mich auf und stupste Deyka an, damit sie mich beruhigen sollte. Doch sie bewegte sich nicht und ihre Haut war bereits kalt. Die Beerdigung wurde vom Besuch von meinen Zwillingen zu einem fast schon freudigen Ereignis.

Wir hatten uns so viel zu erzählen,

wodurch mir kaum Zeit blieb zu trauern. Aber natürlich verging ihr Urlaub viel zu schnell und am Ende hatte ich ein dermaßen schlechtes Gewissen, in Panama zu bleiben, dass ich versprach, nachzukommen.

So zog ich mit fast neunzig Jahren wieder zurück in die USA, um meine letzten Jahre mit meinen Kindern und Enkeln zu verbringen. Neue Ehen wurden geschlossen, einige wie die von Ciara zerbrach. Meine Website erfreute sich auch in New York größter Beliebtheit und ich konnte auch diese erfolgreich verkaufen. Um Geld brauchte ich mir schon lange keine Sorgen machen.

Kleine Kränkeleien machten sich bei mir bemerkbar, doch ich hatte nicht erwartet, dass mein Sohn noch vor mir sterben würde. Mit dem Rollator war ich bei der Beerdigung dabei. So absurd es klingen mag, aber dadurch bekam ich die Gelegenheit, alle noch einmal zu sehen. Tiana und ich hatten es geschafft, fünf Generationen von erfolgreichen Menschen in die Welt zu setzen.

Ich habe mein Soll erfüllt und kann mit gutem Gewissen von dieser Welt gehen, wenn es soweit ist. Der Name Colon wird auch weiterhin existieren.

Unter Beobachtung

Ich wusste, dass er mich auf mich stand. Seine Versuche, den lüsternen Blick von mir abzuwenden, kamen grundsätzlich eine Sekunde zu spät. Obwohl er es nicht sollte, begann er zu lächeln, sobald sich unsere Augen trafen. Bei unseren Begegnungen hob er sogar die Hand zum Gruße. In meinen Augen war Terry der schlechteste Spion aller Zeiten.

Ich traf ihn beim Einkaufen im EDEKA, beim Imbiss um die Ecke, auf der Arbeit und vor allem beim Sport. Letzteres störte mich am Wenigsten, weil er hübsch anzusehen war. Er ließ seine Muskeln spielen, hob Gewichte, an die ich nicht einmal dachte und sein Stöhnen und Geächze ließ meine Lendengegend anschwillen.

Wir sprachen regelmäßig miteinander, hauptsächlich belangloser Smalltalk, bei dem ich hoffte, dass er nicht bemerkte, dass ich seine Rolle in diesem Spiel kannte. Immer wieder gab ich ihm kleine

Brocken an Informationen, damit ich sicher gehen konnte, dass er mir weiterhin auf den Fersen sein würde.

Ich ging davon aus, dass Terry gebürtiger Skandinavier war und fragte mich immer wieder, wie wohl sein richtiger Name lautete. Dieses fast platinblonde Haar gepaart mit den hellblauen Augen konnte jedenfalls nicht in meinen südländischen Breitengraden entstanden sein. Außerdem klang sein Spanisch viel zu rein, ohne jegliche regionale Färbung.

Als ich ihn mal darauf ansprach, redete er sich damit heraus, dass er adoptiert und in der Hauptstadt groß wurde, in dem sich alle Dialekte vermischten. In dieser Szene kam er mir nah genug, dass ich seinen Geruch wahrnehmen konnte und danach interessierte mich seine Aussprache nicht mehr sonderlich. Danach drehten sich meine Gedanken um andere Dinge.

Während ich mein Krafttraining bereits beendet hatte, gönnte ich mir noch eine Runde auf dem Crosstrainer. Mir war nicht entgangen, dass er ein ähnliches Programm absolviert hatte, doch er wählte stattdessen die Rudermaschine, die sich direkt vor mir befand.

Der Schweiß lief mir die Stirn herunter, jede Faser meines Körpers konnte ich bereits spüren, als ich dabei zusehen musste, wie Terry seine Muskeln zum Endspurt malträtierte. Zog er das Band nach hinten, zogen sich seine strammen Schulterblätter nach hinten, während sich sein Bizeps ausdehnte. Dabei spannte sich sein Po zusammen und drückte sich nach vorne. Dankbar zupfte ich an meiner weiten Sporthose, die jegliche Emotionen verdeckte.

Das Gerät piepte und wies mich darauf hin, dass sich mein Workout dem Ende zuneigte. Nur das Cooldown trennte mich jetzt von der Umkleide und ich registrierte, dass auch Terry das Piepen gehört hatte. Die letzten fünf Minuten würde ich auch noch schaffen. Meine To-do-Liste für heute war noch nicht halbwegs abgearbeitet, von

teil-weise

daher konnte ich es mir nicht leisten, hier im Fitnessstudio den ganzen Tag zu verbringen.

Ich desinfizierte ordnungsgemäß das Gerät und schleppte meinen gequälten Körper fast in Slow-motion in Richtung Umkleide. Zu meiner Belustigung stellte ich fest, dass sich die Musik änderte. Vorher lief die meiste Zeit beatlastiger Elektro-Pop, doch hier mischte sich plötzlich ein uralter Rocksong der Band Journey hinein. Lautlos sang ich mit und freute mich über diese gefühlvolleren Klänge.

Mein Spintplatz mit der Nummer 37 öffnete sich mit meiner Karte und gab routiniert meine Sachen frei. Obwohl mir bewusst war, dass niemand außer mir an den Inhalt hätte kommen können, freute ich mich doch jedes Mal wieder, dass ich alles vollständig vorfand. Ich stellte meine Tasche auf den Boden, legte meine Jeans und das Shirt auf die Bank, kramte umständlich Deo und Parfüm hervor und zog meine Turnschuhe aus.

Im Augenwinkel nahm ich wahr, dass noch jemand den Raum betrat. Ich brauchte nicht aufschauen, um mich zu versichern, dass es Terry war. Sein spezielles Aroma strömte mir sofort in die Nase und löste in mir viele verschiedene Reaktionen aus. Unter anderem natürlich die Frage, warum ich überhaupt unter Beobachtung stand, aber gleichzeitig auch ein triebhaftes Verlangen, das sich nur schwer unterdrücken ließ.

Und ich weiß nicht, warum ich dieses eine Mal zögerte. Anstatt mich so schnell wie möglich umzuziehen, ließ ich mir Zeit. Ich beugte mich vorn über und entledigte mich meiner Sporthose in Zeitlupentempo, in vollem Bewusstsein, dass mein empor gestreckter Hintern in Terrys Ecke zeigte.

Obwohl ich unter normalen Umständen sofort meine Jeans übergestreift hätte, zog ich mir heute zusätzlich das Shirt aus, sodass ich nur noch in meiner hellroten Retropants im Raum stand. Terry sog hart die Luft ein, das konnte ich hören. Machte ihn das etwa an? Damit ließe sich spielen. Ich drehte mich zu ihm herum und sah, dass er sich seiner Trainingshose ebenfalls entledigt hatte.

Im Gegensatz zu mir trug er eine hellblau karierte Boxershorts, die sich mehr als auffällig nach vorne ausbeulte. Unsere Blicke trafen sich und erfreut fiel mir auf, dass sich seine Wangen rot färbten und er das Gesicht senkte. Anscheinend war ihm seine ungewollte Erregung peinlich.

Ich ging auf ihn zu, mit nichts weiter bekleidet als meine Retropants; das Risiko, dass jeden Moment jemand dazu kommen konnte, blendete ich vollkommen aus und schob Terry in Richtung Dusche. Zu meiner Freude spürte ich keinen Widerstand. Erst, als ich meine Karte an eine weiter entfernte Säule hielt und der laute Strahl weit genug von uns zu Boden fiel, fragte Terry:

„Havier, was wird das hier?" Weitere Fragen konnte er nicht mehr stellen, als ich meine Lippen auf die seinen drückte.

Sofort erwiderte er den Kuss und wir schlossen die Augen, als unsere Zungen aufeinander trafen. Ich zog ihn näher an mich heran und als sein steinharter Ständer auf meinen traf, fürchtete ich, ein Blitzschlag hätte mich getroffen. So intensiv fühlte es sich an und es dauerte den Bruchteil einer Sekunde, bis wir uns unserer Shorts entledigten.

Obwohl mich sein Umfang und die Länge mehr als beeindruckte, hatte ich keine Chance zu reagieren, denn Terry ging sofort auf die Knie und inhalierte förmlich mein bestes Stück. Unerwartet riss ich stöhnend den Kopf nach hinten und drückte mit meinen Händen seinen Mund noch fester auf meinen Phallus herab.

So viele Male hatte ich mir diese Situation in meinen Träumen bereits ausgemalt, doch erschüttert musste ich feststellen, dass sich die Realität noch viel besser anfühlte.

Ich ließ meine Kontrolle komplett sausen und konzentrierte mich ausschließlich auf diesen Moment. Übliche Methoden, in denen ich den Höhepunkt verzögerte, ignorierte ich völlig und so steigerte sich meine Lust schnell und intensiv.

Jegliche Höflichkeiten missachtend, hielt ich Terrys Kopf fest auf meinen Schwanz gedrückt, als ich in vielen heftigen Schüben kam und kam und kam. Erst jetzt horchte ich auf, ob jemand weiteres die Umkleide betreten hatte.

Doch ich nahm keine weiteren Geräusche wahr und so zögerte ich keine Sekunde, Terry wieder zum Stehen zu bringen, ihn leidenschaftlich zu küssen und ihm direkt danach meine durchtrainierten Pobacken an seinen durch die Lusttropfen verschmierten dicken Schaft zu drücken. Mir war klar, dass mein Loch mittlerweile derart nass war, dass es keiner weiteren Schmierung bedurfte.

Seine Eichel schien das ähnlich zu sehen, denn sie drückte sich ohne jegliches Zögern in mich hinein. Ich schlang meine Hände um die Eisen-Stange und hoffte, sie mit meiner Leidenschaft nicht aus dem Gefüge zu reißen. Nach der offenen Einladung zögerte Terry nicht, seine ganze harte Länge in mich zu versenken und obwohl ich mein Bestes gab, so wenig Geräusche wie möglich von mir zu geben, gelang es mir eher schlecht als recht.

Während mir die harten Stöße meinen Verstand vernebelten, entging mir nicht, wie einer der jungen Trainer die Räumlichkeiten kontrollierte und auch unsere Aktion mitbekam.

Während ich schon befürchtete, meiner Mitgliedschaft Lebewohl sagen zu müssen, aufgrund dieses Frevels, schaute sich der süße Trainer erschrocken nach seinen Kollegen um und erst als er sich sicher war, dass niemand in die Nähe kam, traute er sich näher heran. Ich hätte nichts dagegen gehabt, sein dickes Rohr nebenbei zu blasen, doch zu meiner Verwunderung zog er direkt die Hose runter und beugte sich so weit nach unten, dass sich meine steife Latte ohne Zögern in sein Inneres bohrte.

Plötzlich war ich Teil eines Sandwiches und befand mich in der Mitte. Ich fickte und wurde gefickt.

Meine Geilheit steigerte sich und ich spürte, wie sich ein eruptives Ventil bereit machte zu explodieren. Terry gab das Tempo vor, mit dem ich den Trainer stopfte und mit jedem weiteren Stoß kam ich dem finalen Ende näher. Auch mein Spion näherte sich dem Höhepunkt, denn mit erhöhter Geschwindigkeit wurde sein Stöhnen lauter.

Und dann kam das Ende quasi zeitgleich – mein Spion drückte seine Lust noch einmal in kompletter Länge in mich hinein, hielt inne und mit einem kurzen Aufschrei spürte ich, wie seine Leidenschaft in mein Innerstes hineinströmte. Dieses Gefühl trug mich über die Ziellinie und verursachte bei mir ähnliche Zuckungen, während sich meine Sahne in den Darm meines Trainers drückte.

Dessen Geilheit bahnte sich im gleichen Moment an und spritzte seinen Saft mit voller Kraft auf die weißen Fliesen. Seine Schübe schienen gar kein Ende zu nehmen, denn Terry nutzte den Moment nach vorne zu gehen und sich dessen dicke Eichel einzuverleiben, während diese noch mächtig zuckte.

Obwohl ich unter normalen Umständen erst zu Hause geduscht hätte, bot sich hier eine Ausnahme an. Der Trainer zog sich natürlich schnellstmöglich zurück und auch Terry machte Anstalten, diese Szene als Fantasie zu verdrängen, sodass ich allein in meiner Nacktheit zurückblieb.

Einerseits fühlte ich mich benutzt, gleichzeitig hart befriedigt und be-stätigt, dass ich die Blicke richtig eingeschätzt hatte.

Und dann kam einer der harten Player in die Umkleide und ließ nach und nach die Hüllen fallen. Noch bevor er die Dusche betrat, war mein bestes Stück bereits wieder steinhart.

teil-weise

Urlaubshölle Center-Park

Sein Kollege auf der anderen Seite des Schreibtisches schaute fast minütlich schräg an Oliver vorbei, als wenn er damit den Uhrzeigern helfen konnte, den Feierabend schneller zu erreichen.

Das Wochenende stand schon in den Startlöchern. Laut den Prognosen der Meteorologen sollte es bombastisches Wetter geben, die Supermärkte rüsteten sich laut dem hiesigen Radiosender bereits mit jeder Menge Grillfleisch, Salaten und tonnenweise Holzkohle.

Voller Enthusiasmus erzählte dieser Kollege, dass er mit seiner Familie zum Campen fahren wolle. Seit einer Woche freuten sie sich bereits darauf. Mit den Kids Drachen steigen lassen, im nahe-gelegenen Badesee plantschen und wenn die Racker endlich schliefen endlich mal wieder Sex mit seiner Frau haben. Während er sich in pure Euphorie redete, vergrub Oliver sich tiefer in seine Arbeit.

Innerlich sehnte er sich danach, dass sein Chef ihn fragte, ob er nicht länger machen konnte. Dann hätte er eine gute Ausrede, warum er noch nicht gehen konnte. Auch auf ihn wartete ein gemeinsames Wochenende. Nur er und seine Lebensgefährtin in einem Bungalow. Ihr Paartherapeut hatte das empfohlen. Keine Ausflüchte voreinander, keine Ablenkung, keine Ausreden. Tanja hatte das als gute Idee gefeiert und sofort mit den Planungen begonnen.

Sie brannte darauf, herauszufinden, weshalb sie sich derart entfremdet hatten. So viele Sitzungen ohne Ergebnis – innerlich musste sie längst spüren, dass er sein Herz fest verschlossen hatte, doch sie ahnte nicht im Geringsten, weshalb. Und er würde sich eher die Zunge herausreißen, als ihr die Wahrheit zu sagen.

Seine rechte Schreibtischschublade stand halb offen. Darin lag sein Smartphone und er hatte in kürzester Zeit drei neue Nachrichten bekommen. Unter seinen gepflegten Nägeln brannte der Drang, direkt nachzuschauen, doch etwas hielt ihn zurück. Der letzte Rest seiner Disziplin? Die Angst vor dessen Inhalt? Oder war es das Wissen, dass seine Sehnsucht wieder aufplatzen würde, wie ein Geschwür, von dem er dachte, dass es längst zugewachsen war.

Als sein Kollege sich tatsächlich vor ihm ins Wochenende verabschiedete, blieb er mit seinem Handy allein im Büro zurück. Oliver zwang sich, sich auf die Akten zu konzentrieren, gab Zahlen und Kennwörter ein. Sortiere die abgearbeiteten Order wieder weg und verdrängte damit den immer wieder kehrenden Impuls, die Mitteilungen zu sichten.

Welchen Unterschied würde es schon machen? Aus dieser Urlaubshölle gab es kein Entkommen. Tanja hatte alles genau geplant. In welchen Restaurants sie abends Essen gehen würden, womit sie die Tage gestalten konnten, sogar ein paar Stunden Wellness warteten bereits auf sie beide.

Mit etwas Glück würden sie dermaßen beschäftigt sein, dass gar keine Zeit blieb, sich miteinander zu unterhalten.

Wenn sie ehrlich waren, gab es auch nichts mehr zu sagen. Sie lebten wie distanzierte Mitbewohner in einem großen Haus, in dem genug Platz war, um sich höflich aus dem Weg zu gehen.

Ihre sehr unterschiedlichen Arbeitszeiten und Lebensrhythmen erlaubten es ihnen sogar, nicht zwingend im selben Bett schlafen zu müssen. Wozu den anderen unnötig wecken, wenn es sich vermeiden ließ?

Ihre Bekannten fanden es immer total süß und romantisch, dass sie sich auch nach so vielen Jahren noch kleine schriftlichen Nachrichten schrieben. Sie hingen am Spiegel, am Kühlschrank und am Memory-board. „Kannst du die Anzüge aus der Reinigung holen? Ich bring dafür Milch mit, LG." Lieben Gruß. Für ‚HDL – Hab dich lieb' reichte es schon lange nicht mehr.

Geschweige denn für geistreiche

Konversation. Die einzigen Gespräche, die sich miteinander führten, beschränkten sich auf die Paartherapie und auch dort nur, weil sie dafür bezahlten.

Tatsächlich schien der Psychologe als einziger Spaß daran zu haben. Und er war auch derjenige, der noch an einer Zukunft dieser Beziehung festhielt – wahrscheinlich weil er dafür Geld bekam. Müsste er die volle Wahrheit sagen, so müsste auch dieser zugeben, das hier zwei Menschen unnötig an etwas festhielten, was schon vor Jahren zerbrochen war. Doch keiner von beiden wollte der Realität ins Augen sehen.

Ohne es wirklich verhindern zu können, schaffte er es doch, seinen Aktenberg rechtzeitig abzuarbeiten. Als das Trödeln half nicht und so blieb Oliver nur noch übrig, seine Schreibtischseite aufzuräumen. Erst ganz zuletzt nahm er sein Mobiltelefon aus der Schublade, schob diese zurück und schloss sie ab.

Sein Chef lugte noch kurz zur Tür herein

und wünschte ihm ein schönes Wochenende. „Sie haben es sich verdient." Selten hatte jemand etwas so Gemeines zu Oliver gesagt. Aber konnte er sich beschweren? Irgendwie stimmte es ja. Verdient in dem Sinne, dass er passiv zuließ, was nun auf ihn zukam. Er würde diese drei Tage über sich ergehen lassen, wie ein partnerschaftlicher Roboter funktionieren, nett lächeln, wenn es von ihm verlangt wurde und auf Kommando Männchen machen.

Ja, er hasste sich selbst dafür. Verachtete sich geradezu, fand für sich aber keinen Ausweg, der gesellschaftlich vertretbar war. Für den er nicht ver-stoßen, vertrieben und verbal vernichtet werden würde. Oliver spielte seine Rolle, so gut er konnte. Er kannte seinen Text, wusste, wo er zu stehen hatte und in welcher Situation er welches Requisit benötigte. Dafür beschnitt er seine wahren Gefühle und Gedanken wie ein Engel, der sich mutwillig die Flügeln abhackte. Nachdem er sich ausgestempelt, den langen

Flur durchquert und die große Glastür des Gebäudes hinter sich gelassen hatte, empfing ihn draußen eine angenehme Brise. Blauer Himmel wurde von kleinen Wattewölkchen verziert und die starke Sonne hatte seinen anthrazitfarbenen Audi Q3 in einen Backofen verwandelt.

Er drehte den Schlüssel im Schloss herum, damit sowohl die Klimaanlage ansprang als auch die Musikanlage. Aus einer großen Ansammlung wählte das Shuffle ausgerechnet ‚Is that alright‘ von Lady Gaga aus dem Film ‚A star is born‘. Erst jetzt erlaubte sich Oliver, seine Nachrichten zu überprüfen. Es waren noch zwei dazu gekommen:

1. „Kannst du das Wochenende nicht doch absagen?"

2. „Ich kann mir frei nehmen und auch dort hinkommen."

3. „Warum tust du dir das an?"

4. „Ich weiß, dass du lieber mir mit dort wärst."

5. „Hier hast du ein neues Bild von mir.

Wenn es allzu schlimm wird, schau mich an und glaub daran, dass es besser werden kann. HDGDL."

Oliver wischte sich eine Träne aus dem Auge und drückte auf den Button für den nächsten Track: „Hab dich auch ganz doll lieb, Falk." Nun sang Madonna von ‚Forbidden love‘, als sein Auto vom Platz rollte.

Mein Nachbar in der Umkleide

Sebastian betrat gerade schweißgebadet die Umkleide, als ich gerade überprüfte, wer mein PlanetRomeo-Profil angeklickt hatte. Ich klickte mich durch die Liste und bemerkte gar nicht, wie er seinen Spint auf der anderen Seite des Raumes öffnete.

„Kann doch nicht sein, dass nur Bisexuelle an mir interessiert sind. Was finden die denn ausgerechnet an mir?"

Diese Frage stellte ich mir bereits seit geraumer Zeit. Als schwuler Cis-Mann war nach einer längeren Single-Phase sehr gewillt, mich endlich wieder auf einen Partner einzulassen, doch die Suche in einer kleinen Küstenstadt gestaltete sich schwierig. Um dem Schicksal ein wenig Starthilfe zu geben, nutzte nicht nur ich gerne die neue virtuelle Welt.

Doch dieser Zusatz besaß auch einige Nachteile, weswegen der regelmäßige Gang ins hiesige Fitnessstudio unabdingbar war, denn die unzählige Konkurrenz schlief nur selten. „Vielleicht sind sie davon fasziniert, dass dir egal ist, was die Gesellschaft denkt, wie ein Mann sein muss." Überrascht drehte ich mich herum und ignorierte die angezeigte neue Nachricht meines Smartphones.

Sebastians sonore Stimme klang ehrlich und ironielos. Seine Sportschuhe hatte er bereits abgestreift und als sich unsere Blicke trafen, verzogen sich seine kleinen Mundwinkel zu einem Lächeln und seine dunkelblauen Augen blitzten wissend auf. „Wie muss denn ein Mann sein?"

Aus früheren Begegnungen in der Umkleide wusste ich, dass mein drei Häuser entfernter Nachbar nach den Schuhen zuerst die Hose wechselte und erst dann das Shirt auszog. Um seine folgende Antwort zu unterstreichen, vertauschte er die Reihenfolge, womöglich um seine Argumentation mehr Ausdruck zu verleihen: „Stark wie ein Bär, hart wie ein Fels, schnell wie ein Gepard, furchtlos wie ein Büffel gegenüber einem Löwen." Passend zu den Bildern warf sich Sebastian in die passenden Posen und zu meiner Belustigung wirkte es so gar nicht männlich, sondern einfach nur jugendlich naiv und süß und zu meinem Erschrecken unglaublich sympathisch.

„Ich weiß ja nicht, wer dir erzählt hat, dass Männer so sein müssen, aber glaub mir – das ist ein Haufen Bullshit!" Ohne darüber nachzudenken, legte ich mein Handy in meinen Spint und ging einen Schritt auf Sebastian zu. „Kein Wunder, dass ihr alle so verkrampft seid. Solche verzerrten Bilder üben einen ungeheuren Druck aus. Das ist doch nicht gesund!"

Sebastians Lächeln erstarb und stattdessen ließ er gedankenverloren seine Hände über seinen gestählten Oberkörper gleiten. Obwohl ich es meinen Augen gerne verboten hätte, konnte ich meinen Blick nicht von seiner gebräunten Haut abwenden.

„Deswegen brauchen wir Männer wie dich, die uns das vor Augen führen." Zu meiner Verwunderung kam Sebastian nun seinerseits einen Schritt auf mich zu: „Darf ich dir ein Geheimnis verraten?" Verschwörerisch schaute er sich zu allen Seiten um, obwohl wir in dem Raum völlig allein waren.

Verschwörerisch beugte er seinen blonden Schopf zu mir herüber und flüsterte leise:

„Wenn du mit deinen Mädels da bist, stöpseln die meisten von uns unsere Kopfhörer nur zum Schein in die Ohren, damit ihr denkt, wir hören Musik. Tun wir aber gar nicht!" Unbedacht stemmte ich meine rechte Hand in die Hüfte und verdrehte meine Linke in eine empörte Haltung: „Dein Ernst? Ihr belauscht uns?"

Sebastian lachte beherzt auf und entblößte seine hübschen weißen Zähne in Kombination mit diesen frechen Grübchen, die mich im Traum manchmal errötet aufwachen ließen.

„Du glaubst doch nicht im Ernst, dass wir uns eure Männergeschichten entgehen lassen?! Eure Gespräche sind dank deinem scharfzüngigen Einfluss so herrlich unterhaltsam und ihr bringt einfach Spaß und Unterhaltung in unser oft so tristen Alltag."

Ich nahm mir fest vor, den letzten Punkt bei nächstmöglicher Gelegenheit zu vertiefen, aber dieser Moment eignete sich nicht dazu.

„Wenn du auf solche Geschichten stehst, solltest du dringend eins meiner Bücher lesen." Nun war es an mir frech zu grinsen und ich wagte es sogar, einen weiteren Schritt auf ihn zu zu machen.

Ich weiß nicht, ob es in seinem anzüglichen Gesicht lag, aber spontan zog ich mein Shirt aus. Wie Sebastian zuvor ließ ich meine Hände über meine Muskeln wandern und registrierte zutiefst befriedigt, dass seine Augen meinen Bewegungen genauso folgten. „Das habe ich längst. Wann kommt denn endlich der vierte Teil?" Nun geriet ich doch leicht ins Stocken. Konnte er sie wirklich gelesen haben?

Dieser Stud? Hunk? Fratboy, um bei

englischen Bezeichnungen zu bleiben, die Sebastians Statur annähernd richtig beschreiben konnten. Im Streit würde ich mich nicht mit ihm anlegen, doch bei gegenteiligem Anlass wäre ich alles andere als abgeneigt gewesen, sich auf ein Spielchen einzulassen. „Der… der, der ist schon in Arbeit." Ich atmete einmal tief ein und wieder aus. „Dort liegt der Schwerpunkt auf bisexuelle Männer."

Sebastian legte den Kopf schräg, seine Augen verdunkelten sich kurzweilig und er biss sich unsicher auf die Unterlippe, dann kam er doch vorsichtig einen Schritt auf mich zu:

„Dann solltest du dringend Erfahrung mit diesen besonderen Wesen sammeln, oder nicht?" Eine Stunde Krafttraining und eine Stunde Cardio hätten meinen Puls nicht derart beschleunigen können. In Gedanken mauerte ich den Eingang zu und ver-barrikadierte ihn zusätzlich mit umge-stürzten Schränken.

Um meine leicht instabil werdenden Beine

zu unterstützen, lehnte ich mich an das schwarze Metallgestell der Holzbänke, hin und hergerissen, ob ich nach seiner Hypothese den ersten Schritt wagen durfte. „Jetzt spiele hier nicht den Schüchternen! Das kaufe ich dir nicht ab. Wenn ich etwas heraus gehört habe in der letzten Zeit, dann dass du deine Gelegenheiten nutzt. Ich sage nur Ibiza."

Verwundert zog ich die Augenbrauen hoch. Dieses Sex-Abenteuer hatte ich im Studio erzählt, aber Sebastian war an dem Nachmittag definitiv nicht anwesend gewesen. Mein Training-Buddy und ich hatten ihn erst gesichtet, als wir im Norder Tor stöberten, nachdem wir unseren After-Workout-Kaffee bereits getrunken hatten.

An dem Tag hatte ich noch lautstark drauf hingewiesen, wie heiß ich meinen Nachbarn fand. Moment, und seine Kopfhörer waren Attrappe gewesen? Dann hatte er das natürlich gehört. Ich konnte in diesem Moment also nichts verlieren. Und er hatte

Recht - ich brauchte mehr Recherche-Material, so what the hell!

Mein langer Arm reichte aus, um seinen Hals zu umgreifen und so zog ich Sebastian zu mir hin. Seine kräftigen Schwingen legten sich automatisch um meinen Rücken und als sich unsere Lippen trafen, entfesselte sich eine Leidenschaft, von der wir beide nicht geahnt hatten, dass sie in uns schlummern würde.

Ich realisierte plötzlich, dass es in dieser speziellen Situation unerheblich schien, ob ich einen schwulen Mann küsste oder nicht. Das Gefühl seiner Finger auf meiner Haut ließen mich vergessen, wo wir uns befanden und die Szenerie verschwamm.

Als ich Sebastians strammen Hintern umfasste, ihn fester an mich drückte und ihm damit ein lautes Stöhnen entlockte, hörte ich gedämpft die Stimme eines Trainers, der im Büro saß: „Was geht'n in der Umkleide?" In leichter Panik drückte ich Sebastian etwas zurück in eine Nische, ohne daran zu denken, dass auch diese von

Eingang einsehbar war. Schließlich hatte ich diesen ja nicht zugemauert.

Ohne mich aus meiner heißen Umarmung zu lösen, spürte ich Leons Blicke auf meiner Haut. Seit er meinen Trainingsplan erstellt hatte, konnte ich sein Parfüm aus den der anderen heraus schnuppern. Dann fragte ein weiterer:

„Und, was da los?" Ich umfasste Sebastians Kopf und löste ihn nur ungern von meinen Lippen und fragte lautlos, ob wir hier unterbrechen sollten. Keinesfalls wollte ich hier seinen Ruf in Schwierigkeiten bringen. Von mir aus konnte er in der Öffentlichkeit weiterhin ein Bär, Fels, Gepard und Büffel bleiben.

Als Leon stumpf ausrief: „Das sind nur Michi und Sebastian, die mit einander rumknutschen", und wieder hinauslief, als wäre nichts Schlimmes passiert, küsste mein Nachbar mich einfach weiter.

Der Fremde im Hotelzimmer 508

Teil 1 - Whatsapp

Clay:

„OMG! Diese Aussicht vom Balkon hier!
Du würdest ausrasten, wenn du das sehen
könntest. Moment, ich schicke dir gleich
mal die ersten Fotos."

Shannon:

„Das ist ja traumhaft auf Ibiza! Ich kann
immer noch nicht fassen, dass du ohne mich
hingeflogen bist!"

Clay:

„Was sollte ich denn machen? Dein Boss
wollte dir deinen Urlaub nicht genehmigen
und die vom Reisebüro sagten, ich hätte
nur drei Tage Zeit, das Hotel zu buchen,
sonst würde der Preis immens steigen, weil
mein Urlaub dann in die Hauptsaison fallen
würde."

Shannon:

„Ja, das tut mir wirklich Leid. Ich wäre
nur zu gerne mitgeflogen. Aber bei den

ganzen Veranstaltungen, die bei uns anstehen, war das einfach nicht drin. Das kann ich meinem Chef noch nicht einmal übel nehmen."

Clay:

„Ja, nehme ihn auch noch in Schutz! Und ich sitze hier jetzt alleine, in dem luxuriösesten Hotelzimmer, in dem ich jetzt eine ganze Woche verbringen darf."

Shannon:

„Na ja, zum Glück bist du ja auf Ibiza und das noch im Zentrum der größten Hafenstadt. Ich kann mir kaum vorstellen, dass du dort lange alleine bleibst. Bei deinem guten Aussehen und deinem charmanten Wesen."

Clay:

„Ein Kompliment? Aus deinem Munde? Das ich das noch erleben darf! ;-)"

Shannon:

„Jetzt werd nicht frech und zeig mir mehr von deinem ‚Torre del Mar'. Warst du schon am Pool?"

„Da hängen doch bestimmt die geilen Typen

rum und lassen ihre Muskeln im Glanz der Sonne spielen."

Clay:

„Da wird ja jemand fast schon poetisch! Wer hätte gedacht, dass ausgerechnet du beim Gedanken an hübsche Männer wuschig werden würdest."

Shannon:

„Witzig. Ich bin sehr wohl in der Lage, mich in deine Lage hineinzuversetzen. Nur weil ich Frauen bevorzuge, kann ich durchaus verstehen, wie das mit der Libido funktioniert."

„Wenn du dort eine heiße Lesbe kennenlernst, bringst du sie mir doch mit, oder? Passt doch sicherlich locker in dein Handgepäck."

Clay:

„Ich kann ja mal schauen, ob es in den vielen Souvenir-Shops etwas Aufblasbares für dich gibt. Tatsächlich habe ich aus deinem Schreibtisch eine Ladung Visitenkarten mitgehen lassen, die ich bei passender Situation verteilen werde."

Shannon:

„Du hast was? Dein Ernst?"

Clay:

„Ich muss doch dein aufkommendes Gewerbe fördern! Hier sitzen die Leute mit lockerer Kohle. Die sind entspannt und bereit, ihr wohl verdientes Geld wieder auszugeben. Sollen die das doch einer aufstrebenden Künstlerin zukommen lassen, meinst du nicht?"

Shannon:

„Du bist ein Engel! Wäre ich jetzt bei dir, würde ich dich drücken, bis du keine Luft mehr kriegst."

Clay:

„Nee, lass mal lieber! Dann krieg ich von meinem Urlaub ja nichts mehr mit. ;-)
Ich suche mir gleich erst einmal einen Supermarkt oder sowas, um mich mit Wasser und ähnlichem einzudecken."

Shannon:

„Vergiss nicht Unmengen an Kondomen! So wie ich dich kenne, lässt du doch bestimmt nichts anbrennen. ;-)"

Clay:

„Wie bitte? Jetzt tust du mir Unrecht! Zu Hause lebe ich wie der frommste Mönch – da darf ich doch im Urlaub mal ein wenig Spaß haben!"

„Außerdem habe ich welche von zu Hause mitgebracht. Die brauche ich hier nicht teuer kaufen."

Shannon:

„Hauptsache, du hast einen Plan. Dann bin ich schon sehr beruhigt."

Clay:

„Den habe ich doch immer!
Während wir schreiben, habe ich meinen Koffer ausgepackt und überlege gerade, was ich anziehen könnte. Die neue heiße Badehose sitzt übrigens mega!"

Shannon:

„Natürlich! Die habe ja auch ich ausgesucht! Das Prinzip der Präsentation beherrsche ich einfach. Das ist genau mein Ding."

Clay:

„Allerdings! Mittlerweile bin ich schon

auf dem Weg zum Fahrstuhl. Mal gespannt, was mich gleich da draußen erwartet."

Shannon:

„Alles klar, dann melde dich später wieder. Und gebe nicht das ganze Geld auf einmal aus!"

Clay:

„Ha ha. Keine Sorge. Bis später."

XXX

Clay:

„Bin wieder im Hotel. Schweißgebadet. Das ist eine Hitze da draußen – du kannst es dir nicht vorstellen! Und dann noch volle Wasserflaschen schleppen."

Shannon:

„Was hast du erwartet? Eiszapfen? Du bist am Mittelmeer. Natürlich ist es dort wärmer als bei uns zu Hause. Du wirst dich schon daran gewöhnen."

Clay:

„Du hast Recht. Immerhin war der Verkäufer in dem Laden um die Ecke echt ganz sweet.

Zwar nicht schwul, aber hübsch anzusehen. Das ist doch ein guter Anfang, nicht wahr?"

Shannon:

„Klingt vielversprechend. Und jetzt geht es an den Pool?"

Clay:

„So sieht's aus. Noch eben vernünftig einkremen und dann geht's los!"
„Moment, es klopft an meiner Tür. Wer kann das sein?"

Ende Teil 1…

Teil 2 – Real dialogue

Adam:

„Dürfte ich kurz mal deine Toilette benutzen? Ich habe mich ausgeschlossen."

Clay:

„Ja, klar."

Adam:

„Danke."
(verschwindet im Bad und kommt nach dem

Spülen direkt wieder hinaus)

„Vielen lieben Dank. Ich konnte keinen klaren Gedanken mehr fassen. Meine Karte zu vergessen war nicht sehr schlau, das weiß ich jetzt."

Clay:

„Das kann uns allen passieren. Ärgere dich nicht darüber.

An der Rezeption haben die Universal-Karten, mit denen die dich reinlassen können."

Adam:

„Wenn die alle so nett sind wie du, sollte das wirklich kein Problem sein. Bist du gerade erst angekommen?"

Clay:

„Ähm, ja, ich war gerade zum ersten Mal auf dem Weg zum Pool, wie du siehst."

Adam:

„Ja, das sehe ich sehr wohl. Dann will ich dich gar nicht länger davon abhalten. Ich bin gespannt, wie du mit den vielen Blicken umgehen wirst."

Clay:

„Was meinst du damit? Dort werden doch viele Menschen sein. Warum sollte gerade ich viele Blicke abbekommen?"

Adam:

„Du meine Güte! Das ist so cute! Dir ist deine Ausstrahlung gar nicht bewusst. Das ist gut. Möge es so bleiben, denn das ist mega sexy."

Clay:

„Wer bist du?"

Adam:

„Oh je, hab ich mich gar nicht vorgestellt? Ich bin Adam Montgomery. Mein Zimmer ist 512, ganz in der Nähe. Seit drei Tagen bin ich hier und habe noch ein paar Tage vor mir."

Clay:

„Hi Adam, ich bin Clay Michaels. Freut mich, dich kennenzulernen. Soll ich am Pool auf dich warten?"

Adam:

„Das ist lieb, aber ich muss erst einmal klären, wie und ob ich wieder in mein

Zimmer kommen kann. Erst dann kann ich mich wieder entspannen."

Clay:

„Verständlich. Wenn ich mich einsam fühle, weiß ich ja jetzt, in welchem Zimmer ich dich finde. Dann klopfe ich halt bei dir."

Adam:

„Ja, mach das. Über so hübschen Besuch freue ich mich immer."

(Clay sah dabei zu, wie Adam zu den Fahrstühlen lief. Außer Sichtweite schloss er seine Tür.)

Ende Teil 2…

Teil 3 – Whatsapp

Clay:

„Hier mal ein Update vom Pool. Hier gibt es Frauen und Männer, von hübsch bis noch immer okay. Hier gibt es keine Hässlichkeit. Alle sind sophisticated, mondän und selbstbewusst."

Shannon:

„Hört sich nach deiner Version vom Schlaraffenland an!"

Clay:

„Guter Vergleich! Aus den Lautsprechern läuft richtig geile Chillout-Lounge-Mucke instrumental, während ich von hier aus die Sängerin sehen kann, wie sie live improvisiert. Total klasse."

Shannon:

„Klingt echt mega. Wer war denn an deiner Tür vorhin?"

Clay:

„Ein Typ, der sich aus seinem Zimmer ausgeschlossen hat.
Sein Name ist Adam."

Shannon:

„Ausgeschlossen? Hat man die Karte nicht immer dabei?
Scheint ja nicht sehr schlau zu sein, dein Adam."

Clay:

„Würdest du auf Männer stehen und hättest ihn gesehen, wäre dir das auch egal gewesen."

„Der war so wow! Blondes Surfer-Haar, 1,90 groß, mega breites Kreuz, schmale Hüfte, muskulöse Beine, blaue Augen."

Shannon:

„Klingt wirklich nach wow. Aber laut deiner Erzählung hast du ihn direkt wieder ziehen lassen. Hört sich in meinen Ohren nicht sonderlich schlau an."

Clay:

„Du bist gut. Was hätte ich denn machen sollen? Ihn an mein Bett fesseln?"

Shannon:

„Wäre nicht der erste, oder?"

Clay:

„Du hast echt ein Elefantengehirn, dass du das noch weißt!

Ich bin jetzt erwachsen und habe solch drastische Handlungen nicht mehr nötig. Danke."

Shannon:

„Was ist denn sonst noch so am Pool los? Beschreibe mal kurz."

Clay:

„Hinter mir liegen zwei junge verheiratete Pärchen. Sehr attraktiv und auch irgendwie spannend. Ich kam nicht umhin, deren Gespräche mitzuhören. Die eine ist wohl die Schwester einer bekannten Influencerin auf Youtube und die andere hat wohl eine Cousine, die zur Zeit den Sänger Olly Murs datet.“

Shannon:

„Ja, sicher. Und auf den Liegen links und rechts von dir liegen Britney Spears und Christina Aguilera.“

Clay:

„Ich mein das völlig ernst! Und ein paar Liegen weiter ist ein schwules Pärchen, welches den Blick nicht von mir abwenden können.“

Shannon:

„Das hättest du zumindest gerne.“

Clay:

„Es enttäuscht mich, dass du mir nicht glaubst. Warum sollte ich dich anlügen?“

Shannon:

„Um mich noch neidischer zu machen, als ich so schon bin?

Du amüsierst dich königlich, während sich mein Aktenberg weiter stapelt und ich meinen Feierabend heute Abend wieder mal nach hinten schieben darf."

Clay:

„Es wird echt Zeit, dass du diesen Job an den Nagel hängen kannst. So geht das auf Dauer nicht mehr weiter."

Shannon:

„Verteile du mal fleißig meine Karten, dann wird das vielleicht was. Bis dahin muss die Miete irgendwie bezahlt werden."

Clay:

„Ja, das verstehe ich wohl. Ich gebe mein Bestes."

„Vielleicht hast du ja Lust, meinen ersten Cocktail auszusuchen. Dann trinke ich für dich mit. Wofür habe ich sonst all inclusive gebucht."

Shannon:

„Kannst den Barkeeper fragen, ob er Lust

hat, dir einen ‚Sex at the Pool' zu besorgen. ;-)"

Clay:

„Na, wenn er heiß ist, frag ich ihn direkt, ob er es mir am Pool besorgen kann. Den Drink kann er danach auch noch mixen."

Shannon:

„Lach. Du nu wieder! Dann wünsche ich Dir mal, dass der Barkeeper heiß aussieht. Und dass der Pool-Guard ein Auge zudrückt, wenn er euch dabei erwischt."

Ende Teil 3...

Teil 4 – Real dialogue

(Clay ist wieder in seinem Hotelzimmer, hat genug vom Sonnenbaden und ist enttäuscht, dass am Pool nichts sonderlich Spannendes passiert ist. Er kommt gerade aus der Dusche, um sich das Chlorwasser herunter zuwaschen, als es an der Tür klopft.)

Clay:

„Sekunde, bin gleich da." *(Öffnet nur mit Handtuch um die Hüften die Tür.)*

„Adam! Hast du dich schon wieder ausgeschlossen?"

Adam:

„Nein, alles gut. Eine Dame des Roomkeepings hat mir mit ihrem Generalschlüssel aufgemacht. Hier ist meine Karte wieder."

Clay:

„Und ich hatte insgeheim gehofft, du würdest runter zum Pool kommen. Habe die ganze Zeit nach dir Ausschau gehalten."

Adam:

„Das hätte ich auch gerne gemacht, aber das ging leider nicht.

Ich musste mit meinem Boss noch eine Konferenzschaltung abhalten. Wo andere zum Urlaub machen da sind, muss ich trotzdem arbeiten."

Clay:

„Deswegen, okay. Ich kenne das. Letztendlich habe ich meine Arbeit auch mitgebracht, doch ich kann das Nützliche mit Unterhaltsamen verbinden."

„Aber komm doch erstmal rein! Kann ich dir was anbieten?

Ich hab hier oben allerdings nur Wasser und eine Flasche Chardonnay."

Adam:

„Wenn du schon so fragst, könntest du mir anbieten, was sich hinter deinem Handtuch verbirgt und sich so verlockend ab-zeichnet."

Clay:

„Dir steht also der Sinn eher nach einem Protein-lastigen Cocktail. Oops! Hab ich doch glatt das Handtuch fallen lassen."

Adam:

„Du meine Güte! Da hat es aber jemand gut mit mir gemeint!

Habe ich etwa Supersize me gerufen?"

Clay:

„Anscheinend. Ich habe aber keine Bedenken, dass du damit nicht umgehen könntest. Bestimmt hast du so manch gute Erfahrung mit großen Lollies gemacht."

Adam:

„Sagen wir mal so: meine Lippen sind geübte Saftpressen.“

Clay:

„Dann zeig mal was die so drauf haben. Eine Revanche ist dir schon mal sicher. Und wer weiß, was in der zweiten Runde noch passiert.“

Adam:

„Dann lehn dich mal zurück und entspann dich.“

Ende Teil 4…

Teil 5 – Whatsapp *(drei Stunden später)*

Clay:

„Ich bin fix und fertig.“

Shannon:

„Hast du bist jetzt in der Sonne gelegen?“
„Hoffentlich hast du dir keinen Sonnenbrand geholt.“

Clay:

„Alles gut. Die Sonne war gnädig, aber

geschafft hat mich Adam."

Shannon:

„?"

Clay:

„Mit Abstand der beste Sex, den ich je hatte."

Shannon:

„Direkt am ersten Tag, nicht schlecht. Das lässt sich dann ja gar nicht mehr steigern."

Clay:

„Na ja, außer mit weiteren Snogging-Sessions. ;-)"

Shannon:

„Und wo ist er jetzt?"

Clay:

„Er liegt in meinem Bett und schläft. Ich sitze auf dem Balkon und muss meinen Wasserhaushalt wieder auffüllen, nachdem, was ich gerade ausgeschwitzt habe."

Shannon:

„Ich glaub, ich verzichte auf die Details. Hauptsache, du hast deinen Spaß. Tatsächlich könnte ich auch mal wieder

teil-weise

sowas gebrauchen."

Clay:

„Allerdings! Sich einfach mal wieder verausgaben. Sich gehen lassen, auf jemand anderen völlig einlassen und dann gegenseitig von einem Höhepunkt zum nächsten jagen."

Shannon:

„Klingt traumhaft. Aber du kennst die Lesben unserer Stadt.
Da ist nicht viel Potential für solche Abenteuer."

Clay:

„Da hast du leider Recht. Aber gib die Hoffnung noch nicht auf! Wie du bei mir hier siehst – wenn du am wenigsten damit rechnest, haut es dich komplett um."

Shannon:

„Jetzt sag mir nicht, dass du dich gleich verknallt hast, nur weil er gut mit seinem Schwanz umgehen kann!"

Clay:

„Nein, eher, weil er mit meinem gut umgehen kann, wenn du es genau wissen willst. Das ist nicht immer der Fall!"

Shannon:

„Wagt es bloß nicht, auf der Insel gleich zu heiraten! Ich will deinen verfickten Brautstrauß fangen, damit das klar ist!"

Clay:

„Bring mich nicht auf dumme Gedanken!"
„Ich glaub, er wacht gerade wieder auf. Melde mich später wieder."

Shannon:

„Liebe Grüße unbekannterweise und viel Spaß weiterhin noch."

Ende Teil 5...

Teil 6 – Real dialogue

Clay:

„Ist Dornröschen wieder aus ihrem Schönheitsschlaf erwacht?"

Adam:

„Und, bin ich hübscher geworden? Hat es sich gelohnt?"

Clay:

„Ich bin mir nicht sicher. Fürchte fast, noch attraktiver geht gar nicht. Sorry."

Adam:

„Schmier mir lieber nicht so viel Honig ums Maul. Ich könnte sonst noch glatt anfangen, dir zu glauben."

Clay:

„Ich wünschte, ich könnte zeichnen, dass würde ich dich jetzt fragen, ob ich dich so malen dürfte, wie die Frauen in Frankreich."

Adam:

„Oh, du willst einen auf Leonardo diCaprio machen? Da bin ich aber doch froh, dass dieses Hotelzimmer nicht im Ozean versinken kann."

„Obwohl, ich müsste mit dem schlechten Gewissen überleben, dass ich dir auf der großen Tür keinen Platz gemacht habe."

Clay:

„Das denke ich mir auch jedes Mal, wenn ich mal wieder Titanic schaue! Sie hätte ihn retten können. Aber auch ich würde als

Gentleman ertrinken, damit du überleben kannst."

Adam:

„Weißt du was? Das glaub ich dir sogar."

Clay:

„Kann es sein, dass dein Handy vibriert?"

Adam:

„Shit, du hast Recht. Reich mir mal bitte meine Shorts herüber."

Clay:

„Hier, bitte."

Adam:

„Ich verschwinde mal eben auf die Terrasse."

„Hey."

„Ich weiß."

„Ja, ich weiß das. Mach dir keine Sorgen."

„Es ist alles gut."

„Ja, gut, dann komme ich nach unten."

„Ich sagte doch, ich bin gleich da."

„Du, ich muss unten an der Bar einen Kollegen treffen."

Clay:

„Kein Problem. Wir sind ja beide noch etwas hier. Wenn du Lust hast, können wir das gerne wiederholen."

Adam:

„Da bestehe ich sogar drauf. Ich kann deinen harten Knüppel immer noch in mir spüren. Das Gefühl nehme ich jetzt mit nach unten."

Clay:

„Melde dich, wenn das Gefühl nach lässt. Dann fülle ich das Loch gerne wieder auf."

Adam:

„Kann ich mir noch einen Kuss klauen, bevor ich gehe?"

Clay:

„Du kannst auch zwei oder drei haben."

Adam:

„Ich rationiere das lieber. Dann wird die Sehnsucht größer."

Clay:

„Du bist echt sweet. Viel Erfolg."

Ende Teil 6...

Teil 7 - Whatsapp

(Clay erkundet das Hotel, schießt hier und da ein paar Fotos und kommt dabei auch an der internen Bar vorbei. Am Tresen entdeckt er Adam mit einer rassigen Brünetten sitzen, die lautstark diskutieren.)

Clay:

„Du glaubst nicht, was hier gerade abgeht!"

Shannon:

„Das will ich lieber gar nicht wissen. Ich sagte doch, keine Details, bitte!"

Clay:

„Glaub mir, diese Details willst du haben!"

Shannon:

„?"

Clay:

„Vorhin wurde Adam bei mir im Zimmer angerufen. Er sagte mir, er müsse sich mit einem Kollegen an der Bar treffen."

Shannon:

„Ja, und? Wenn der eben beruflich da ist. Du bloggst ja auch vor Ort."

Clay:

„Also wenn das seine Kollegin ist, bist du meine Mutter!"

Shannon:

„Oh, es ist eine Frau?"

Clay:

„Und was für eine! Lange Beine wie ein Topmodel, Kurven wie eine Burlesque-Tänzerin und das Gesicht eines Pin up-Girls."

Shannon:

„Wow, hört sich nach einer richtig scharfen Granate an!"

Clay:

„Und die ist nicht nur scharf, sondern richtig sauer."

Shannon:

„Oh, die giften sich an?"

Clay:

„Aber hallo! Anscheinend hat sich Adam bei ihr nicht abgemeldet. War einfach weg und sie hat sich wohl Sorgen gemacht."

„Gleichzeitig konnte sie wohl direkt an seinen Augen ablesen, dass er sich mit jemand anderem vergnügt hat. Obwohl er ihr fest zugesagt hatte, dass es nicht mehr passieren würde."

Shannon:

„Streiten die sich so laut, dass du das alles mithören kannst?"

Clay:

„Allerdings. Ich stehe an der Pool-Bar mit einem Dirty Martini in der Hand. Extra so, dass sie mich nicht sehen können."

Shannon:

„Und ich dachte, du hättest da einen tollen schwulen Mann kennengelernt, denn du auch zu Hause treffen kannst. Aus der Traum, was?"

Clay:

„Es war ja auch viel zu schön, um wahr zu sein."

„Lustigerweise glaubt sie aber, er hätte sich mit einer Frau vergnügt. Sie kommt gar nicht auf die Idee, dass er lieber selbst den Arsch hinhält."

Shannon:

„Na ja, vielleicht ist es für sie leichter, davon auszugehen, dass er sie mit ihresgleichen betrügt. Diese Art von Konkurrenz kann sie ertragen. Gegen einen anderen Mann hat sie keine Chance."

Clay:

„Da hast du wahrscheinlich Recht."
„Nur zu gerne würde ich dazwischen gehen und ihn auffliegen lassen."

Shannon:

„OMG! So gemein wirst du wohl nicht sein, oder?"

Clay:

„Hey, ich hab Urlaub! Gönne mir doch mal ein bisschen Spaß."

Shannon:

„Mutwillig eine Beziehung zerstören nennst du Spaß?"

Clay:

„Ich wusste ja nicht, dass er vergeben ist! Wenn er mir das erzählt hätte, wäre ich auf seine Avancen gar nicht erst eingegangen."

Shannon:

„Bist du dir sicher?"

Clay:

„Zumindest hätte ich etwas länger gezögert. ;-)"

Shannon:

„Dachte ich's mir doch."

„Aber tu, was du nicht lassen kannst. Von hier aus kann ich dich nicht aufhalten. Aber lass dich gewarnt sein: jede schlechte Tat kommt auf dein Karma-Konto und irgendwann gibt es die Retourkutsche."

Ende Teil 7...

Teil 8 – Real Dialogue

(Clay geht vom Pärchen ungeachtet in die Bar hinein, umarmt Adam von hinten und küsst ihn auf den Hals.)

Clay:

„Ich hab mir deinen Kollegen maskuliner

vorgestellt. Und nach Arbeit sieht das auch nicht aus."

Brianna:

„Wer ist das, verdammt? Und wieso Kollegen?"

Adam:

„Shit, was soll das, Clay?"

Brianna:

„Du kennst ihn also? Was wird hier gespielt?

Clay:

„Ich wollte dich retten, bevor dieser Drache dich vollends zerfleischt."

Brianna:

„Wen nennst du hier Drache? Adam, nimmst du das einfach so hin? Mach endlich das Maul auf! Dieser schwule Pisser soll sich gefälligst wieder verziehen!"

Clay:

„Besser schwul als doof."

Adam:

„Okay, hört auf damit! Ich glaub das jetzt nicht, aber es ist jetzt nicht mehr zu ändern."

Brianna:

„Was wird hier gespielt?"

Adam:

„Gespielt wird jetzt gar nicht mehr. Game over sozusagen. Rien ne vas plus. Nichts geht mehr. Jedenfalls zwischen uns."

Brianna:

„Was soll das heißen? Du kannst dich nicht so einfach aus der Affäre ziehen. Wir sind schließlich verheiratet."

Clay:

„Ihr seid was?"

Brianna:

„Ach, das hat dir der feine Herr nicht erzählt, was? Das wundert mich nicht. Adam erzählt immer nur die halbe Wahrheit, darin ist er Profi."

Clay:

„Wenn es dich beruhigt – ich hab ihn heute erst kennengelernt. Mehr als diese eine Mal ist nicht passiert."

Brianna:

„Du gibst es immerhin zu. Monsieur hier hat bis gerade immer noch alles fleißig

teil-weise

geleugnet."

Adam:

„Ey, ich bin immer noch hier, ja! Und ja, ich war bei Clay, wenn du es wissen willst. Und ich bereue nichts! Aber ich wollte dir nichts von meiner Neigung erzählen."

Brianna:

„Mir ist es doch völlig egal, mit wem du schläfst! Solange du ehrlich zu mir bist und mir keine Krankheiten überträgst."

Clay:

„Wow, das ist ja mal eine liberale Einstellung. Respekt. Auf diese Weise müsste vielleicht nicht jede zweite Ehe geschieden werden."

Brianna:

„Einen Mann wie Adam hat man nicht für sich alleine. Das wusste ich schon, als wir zusammen kamen. Ich bin nun wirklich nicht naiv. Wir sind ja erwachsene Menschen, oder nicht?"

Adam:

„Das hört sich ja alles toll an. Ich weiß

aber noch genau, wie das letzte Saison ausgegangen ist und das soll diesmal anders werden?"

Brianna:

„Du willst doch nicht wirklich immer so weitermachen, oder?
Vielleicht ist Clay genau das, was wir gebraucht haben."

Ende Teil 8…

Teil 9 – Real dialogue

(Brianna und Adam stehen vor dem Zimmer 508, doch es reagiert niemand auf das Klopfen.)

Brianna:
„Hatte er nicht gesagt, dass wir ihn hier um elf treffen sollten?"

Adam:
„Doch, so habe ich das auch verstanden."

Brianna:
„Auch wenn mir die letzte Nacht noch etwas

in den Knochen sitzt."

Adam:

„Ja, das geht mir ähnlich. Ein ganz schön wilder Trip. Aber schon ziemlich geil."

Brianna:

„Allerdings! Deswegen habe ich mir heute aber eine Hose angezogen. Dann reibt es da unten nicht so sehr aneinander.
Ist eh noch alles wund gescheuert."

Adam:

„Es ist lange her, dass wir so hart gevögelt haben. Und an seine Größe muss man sich erstmal gewöhnen."

Brianna:

„Vielleicht hat er sich doch noch kurz an den Pool gelegt?"

Adam:

„Hier ist er jedenfalls nicht. Lass uns mal nachschauen."

(Beide fahren mit dem Fahrstuhl hinunter. Auch am Pool ist kein Clay zu finden. Spontan wenden sie sich an die Rezeption.)

Adam:

„Ist Clay Michaels an ihnen vorbei gekommen? Hat er vielleicht für uns eine Nachricht hinterlassen?"

Rezeptionist:

„Michaels? In welchem Zimmer soll der wohnen?"

Brianna:

„508. Der ist schon seit gestern hier."

Adam:

„Hat das Zimmer für eine Woche gebucht, wie er mir erzählte."

Rezeptionist:

„Das kann nicht sein."

Adam:

„Weil?

Rezeptionist:

„508 wird zur Zeit nicht vergeben. Warum kann ich ihnen nicht sagen. Diese Information ist nicht freigegeben."

Brianna:

„Wir waren aber gestern dort! Und dort hat definitiv jemand sein Quartier bezogen."

Rezeptionist:

„Moment, dort am Fahrstuhl ist die Leitung des Housekeeping. Gianni, warte mal!"

Gianni:

„Gibt es hier ein Problem?"

Rezeptionist:

„Die Herrschaften behaupten, es gäbe einen Gast in Zimmer 508. Laut meinem System ist und bleibt es frei."

Gianni:

„Eine Crew ist gerade auf der fünften Etage. Ich rufe kurz Maria an, dann wissen wir gleich Bescheid."

(Die Leitung des Housekeeping zieht ein Smartphone aus der Tasche und wählt eine eingespeicherte Nummer.)

Gianni:

„Maria, ihr seid doch gerade auf der 5, oder?"

„Sehr gut. Sag mal, in der 508 hat doch niemand eingecheckt, oder?"

„Mein ich doch. Magst du trotzdem mal nachschauen?"

„Du musst nicht komplett reingehen, keine Angst. Nur aufmachen, hinein schauen und dann wieder zuschließen."

„Maria fragt, ob die Schlüsselkarten noch im System sind."

Rezeptionist:

„Stimmt, die sind noch vollständig hier."

Gianni:

„Da ist niemand drin. Sag ich doch. Dank dir, Maria. Bis später."

Adam:

„Aber wir waren doch gestern dort? Ich sogar mehrmals! Und Clay war dort."

Rezeptionist:

„Wenn da jemand gewesen ist, muss es wohl ein Geist gewesen sein."

Brianna:

„Adam, lass gut sein. Danke für ihre Auskunftsbereitschaft.
Ich könnte jetzt einen Drink vertragen."

Adam:

„Oder auch zwei oder drei. Wer hätte gedacht, dass ein Geist unsere Ehe retten würde."

Brianna:

„Wer konnte denn ahnen, dass sich ein Geist derart echt anfühlen könnte? Genau genommen bist du dann noch nicht einmal fremd gegangen."

(Shannon stand an einer roten Ampel in London, auf dem Weg zu ihrem Studio, als ihr Handy aufblinkte. Auf dem Display tauchte eine Erinnerung auf: Clays erster Todestag.
Sie seufzte und blickte zum Himmel. Dann schaltete die Ampel auf grün.)

Ende.

Danksagung:

First of all I have to say Thank you to Lauren and Cassie, who brought the App „Bitlife" in my life and showed me with their hilarious Youtube-Videos, how much fun it could make to play a game and use it to create great content.

And it was Lauren, too, who planted the idea in my head to write own text-stories. I'm a huge fan and hope, that both of them will bring me more opportunities to take my writing to the next level.

Ich danke auch einer Insel, die mich sehr begeistert hat: Ibiza. Und damit auch dem genialen Hotel „Torre del Mar", die uns im Urlaub so gut aufgenommen hat, dass sie die Location für meine zweite Textstory geworden ist.

Ansonsten bedanke ich mich mal bei einer Reihe toller, starker Frauen in meinem Leben, die mir viel Input und konstruktive Kritik liefern:

teil-weise

Anna-Sabina, Sarah, Monika, Ellie, Juli, Linda, Zoe, Lakua, Lena, Chanti, Jasmin, Tanja, Wanda, Petra und natürlich meine Dialog-Mädels.

Meiner Mutter hat diese Veröffentlichung nicht mehr erlebt, aber lebenslangen Dank bekommt sie an dieser Stelle trotzdem.

Danke auch an meinen Bruder und meinem Dad, denen nicht immer gefällt, was ich schreibe, aber in der schweren Zeit haben wir super zueinander gestanden und nun folgt eine neue Zeit.

Ein fettes Dankeschön geht natürlich auch an Dich als Leser!
Schön, dass Du Dir die Zeit genommen hast, in meine Geschichten einzutauchen und hoffentlich konnte ich Dir ein paar neue Einflüsse mitgeben. Wir sehen uns im nächsten Buch wieder. ;-)

Bisher über www.bod.de erschienen:

→ **Männergeschichten:** Kurzgeschichten voller Testosteron

ISBN: 978-3-741265-37-2

→ **Im Bann der Engel** (Coming-of-Age-Roman)

ISBN: 978-3-741252-82-2

→ **Im Innern meiner Seele: Ein Liederbuch**

ISBN: 978-3-741276-98-9

→ **Anonym: Ein Ostfriesland-Krimi** (der Start der Masbaum-Trilogie)

ISBN: 978-3-741279-33-1

→ **Männergeschichten 2: Noch mehr Kurzgeschichten voller Testosteron**

ISBN: 978-3-743127-06-7

→ **Männergeschichten 3: Noch mehr Kurzgeschichten mit und ohne Testosteron**

ISBN: 978-3-748166-13-9

teil-weise   **278**

weitere Informationen finden Sie unter

www.toshisworld.blogspot.com

Torsten Ideus, 39 Jahre alt, hat bereits einige berufliche Richtungen ausprobiert. Er hat die „Große Schule des Schreibens" besucht. Als gelernter Koch arbeitet er mittlerweile lieber im Service und arbeitet an der Nordseeküste, wo andere Urlaub machen.

Sein Blog „Toshis World" läuft seit März 2015. Hier gibt der Autor Tipps zum Kreativen Schreiben, bespricht Musikkritiken und schreibt über seinen Alltag als offen schwul lebender Schriftsteller.

Als Gründer der „Norder Schreibwerkstatt" fördert er Neulinge im Schreibprozess und lädt diese als Gäste zu seinen Lesungen ein.

Sein erstes Buch „Liebes Tagebuch... Ein Potpourri der Gefühle" erschien per Selfpublishing im August 2015.